FAITH FEARS NO DISTANCE

【不远 万里】

［加］李彦 / 著
YAN LI

上海文艺出版社

【不远万里★目录】

【上编　尺素天涯】

寻找白求恩与毛泽东珍贵合影照片始末 /1

【下编　何处不青山】

献给赴华八十周年的白求恩医疗队 /81

【上编 尺素天涯】

寻找白求恩与毛泽东珍贵合影照片始末

1

"当然，我母亲非常美丽。这是公认的！"

"他们俩的关系，是谁追谁呢？"

"嗯……我想，还是白求恩更主动吧。"

初秋的傍晚，落日余晖浸了几分阴柔，几分伤感，笼罩着百年老屋幽暗的客厅。窗帘太旧了，已辨不清是棕红还是土黄。天光透过缝隙，斑斑驳驳，洒在油漆剥落的地板上。

靠墙立着的深棕色木头书架，窄窄的，年代久了，略微有些倾斜。书架顶端立着一个巴掌大的镜框，里面镶嵌着一枚黑白照片。女郎正当妙龄，身穿深色毛呢大衣，发髻上斜扣了一顶贝雷帽，明眸皓齿，优雅端庄。

光线太暗。拉开落地灯的开关，才看清了老屋主人。他的腿跛了，坐在单人沙发里，双手握紧金属拐杖，竭力挺直了腰板。蓝白相间的方格衬衫皱皱巴巴的，牛仔裤的膝盖处露着破洞。满头花白的须发久未修剪了，似秋风中的野草，散披在额头、耳旁、肩上。唇角紧抿着，双颊深陷，凸显出一条条刀刻斧凿的沟壑。

时光倒流了。蓦然想起狄更斯笔下的流浪汉，破帽遮颜，孤独地徘徊在雾伦敦的街头。

且慢。掩藏在野草后的那对灰蓝色的眸子，分明闪烁着智者的锋芒，忧郁冷峻，怒向刀丛。

"你母亲和白求恩之间，究竟是一种什么样的关系呢？你，究竟了解多少？"懒得抽丝剥茧，便单刀直入了。同属坦诚之人，对方不会计较吧。

哦，还是唐突了。

老人执拗地摆了下头，目光一闪，眉宇间绽出一缕高傲。"我从来没有问过她。为什么？那种问题是极不得体的。我们是不列颠人，矜持惯了。讲究喜怒不形于色。从孩提时代起，我们就受到教育，要学会掩饰自己的感情。也许，你会觉得我们很冷漠。但实际上，我们只是竭力控制住自己，不显山露水罢了。人非草木，孰能无情？"

"你，有没有可能是白求恩的儿子呢？"我明知故问，希望抛出一枚炸弹，引爆出更多尘封的秘密。

果然,老人被我的傻话逗笑了,咧开口,露出几颗残存的牙齿,呵呵笑了。似乎忘记了刚刚炫耀过的不列颠绅士引以为豪的"矜持"。

"那怎么可能啊!"野草在微风中晃动。眸子里却荡起了快活的涟漪。"一算就知道了嘛!他们俩最后一次见面,是一九三八年初。从那以后,白求恩就再也没有返回过故乡。而我呢,是一九四二年才出世的啊!"

哦,上帝,真希望他的出生证上记错了。若是那样,该有多么美妙!

2

在加拿大生活了几十年,风闻过围绕着白求恩医生的不少逸闻趣事。这位中国人民心目中伟大的国际主义战士,在他的故乡,却是个颇有争议的人物。其多姿多彩的一生,除了在身后留下众多感人肺腑的不朽篇章之外,也激发了想象力丰富的作家灵感如泉,任思绪飞扬,探索人性之复杂深邃。

加拿大先锋派作家丹尼斯·鲍克在二〇〇六年出版的长篇小说《共产党人的女儿》便是其中之一。该书虚构了白求恩在太行山的岁月里，面临日军长驱直入华夏大地、造成混乱和死亡的悲惨局面，撰写了一封令人心痛如绞的长信，留给他那从未谋面的女儿。那是他与情人所生的孩子，被遗弃在战火纷飞的西班牙了。

鲍克的另一部作品《回家》刚刚获得了人民文学出版社颁发的二十一世纪年度最佳外国小说奖。我殷切地期盼着，有慧眼识才的伯乐能把《共产党人的女儿》这部思想性、艺术性俱佳的小说也翻译成中文，以飨中国读者。

鲍克曾善意地提醒我说，"这部小说中的白求恩，和你们中国人所理解的相去甚远，也许，你们并不乐意读到这样的描写呢。"

我回答他，"丹尼斯，其实你不了解中国人。我们的思维，远比你所想象的更为微妙、复杂。"

西方社会对白求恩的微词，除了源自冷战思维的影响之外，也基于他在婚姻恋爱上与众不同的率性与浪漫。与同一女性两度结婚却两度忧离、在西班牙战场上与欧洲女记者的热恋,都成为抨击者对其诟病时常用的借口。

　　我却不以为然。因我看到的,是一个直面真实的勇者。不是吗?那种果敢与坦诚、光明与磊落,相较于遍地开花的投机钻营、世故圆滑、谄媚逢迎、尔虞我诈,恰是人类所稀缺的珍贵品德。

　　白求恩与生俱来的人格魅力,像磁石,吸引过无数优秀的女性。

　　前些年,我的同事、英文系的老教授朱蒂丝·米勒和我闲聊时提及,她的姑母在上世纪三十年代曾与白求恩是同事,两人都在蒙特利尔的一所大医院里任职。在她姑母眼中,白求恩是一个聪明勇敢、正直善良、医术高明、多才多艺且充满活力的男性。这样的男人,自然深受女性爱戴,也因此绯闻不断。

　　"我姑母说,他是个精力异常旺盛、富于奉献精神的人。然而,在个人私生活方面嘛……"朱蒂丝抿嘴一笑,似乎羞于谈论涉及他人隐私的话题。但是,看到我期待的目光,她终于还是讲了下去。

　　"姑母曾对我说,有一次,一个年青的女护士突然失踪了，接连好几天都没来上班。大家四处寻找，不见她形迹，便去护士长那里告状。护士长正在查看病历呢，连眼皮都没抬，只是随口应了一声，'去，查一下，看看诺尔曼这几天在哪儿呢！'……"

"白求恩绝非完美无瑕。"我在国内时的师姐熊蕾、一位中共老前辈的女儿如是说，"事实上，恰恰是中国革命、中国共产党领导下的八路军，还有中国的老百姓教育和影响了他，最终才成就了一个英雄人物的形象。"

她的解读，令我回想起初抵加拿大时浏览过的一本英文传记《手术刀就是利剑》。那是上个世纪五十年代初白求恩的战友们集体撰写的畅销书，多次再版。其中有个细节，多少年过去了，仍滞留我脑中，鲜明如昨。

3

在晋察冀边区艰苦的岁月里，白求恩曾经与八路军驻地附近的一位基督教女传教士有过一段引人遐思的交往。那座教堂建立在河北与山西交界的崇山峻岭间，里面居住着一位从新西兰远渡重洋来华、名叫凯瑟琳的姑娘。

两人奇妙的邂逅,发生在蜿蜒曲折的盘山道上。

那个秋天的下午,凯瑟琳跟随着一群中国百姓,立于村口,好奇地观赏着前所未见的景观:细碎的铃铛声由远而近,一列长长的骡队掀起烟尘,出现在天边。那不是司空见惯的走西口的晋中商贾,而是一位西洋人率领的骡背上的战地医疗队,途径村庄。

秋阳照耀下,山崖畔丛生的酸枣鲜红耀眼。山道旁,一袭棕色长裙、金发碧眼、亭亭玉立的西方女子,恰如羊群里的骆驼,攫住了白求恩的目光。

凯瑟琳小姐在这个闭塞的村庄里已生活了数年之久,操一口流利的当地土话。与白求恩大夫打招呼时,她的心头可曾惊怵,久违的母语,出口时竟如此生涩?那一天,两人站在路旁的老松树下,聊了个把小时。

入冬前的那些日子里,白求恩应凯瑟琳之邀,曾数度前往教堂造访。

在白求恩眼中,这位身材高挑、眉目开朗、举止端庄、忠于信仰的姑娘,令他想起了自己的母亲。在青年时代,母亲也曾满怀激情地远涉重洋,到夏威夷群岛,在土著人之间传播上帝的福音。

也许是久居深山老林,难以见到一位"同类"吧,交往之初,凯瑟琳便显露出遮掩不住的热情。姑娘怀揣的,是何等情愫呢?也许是对爱神的悄悄企盼,也许仅仅是友谊地久天长。

但在白求恩内心深处渴望的,却不仅仅是友情。

那年他四十八岁了。以其对女人的丰富经验,第一眼,他便看透了,能够打动面前这位女性的,绝非个人得失,而只能是信仰。事实上,那种能为私人名利所动摇的女性,对他这种人来说,也毫无吸引力可言。

青灰色教堂的屋顶上,孤独的十字架默默地遥望着蓝天。穿越花木凋零、萧瑟空旷的院落时,钟声在寒风里叮当鸣响。

银色的烛台下,身穿臃肿的黑棉袄、扎着裤脚管的中国村民们,正对着高悬在头顶的耶稣像,虔诚地顶礼膜拜。

他们向上帝祈求的,都是什么呢?白求恩呆立在高大的石头拱门下,陷入了怀旧的怅惘。耳畔喃喃的祈祷声，把他的思绪带回到圣劳伦斯河畔的皇家山上。耸立在蒙特利尔市中心的圣母大教堂，庄严宏伟，灯火辉煌。唱诗班的歌声余音袅袅，伴着优美的管风琴声绕梁回荡。

此情此景，似曾相识。这里却非久违的故乡。

行人莫问当年事，
故国东来汾水长。

鲜为人知的是，兴趣广泛的外科医生白求恩不但撰写过大量文笔优美流畅的散文，也曾尝试过小说创作。美国的《进步周刊》发表的第一篇反映中国抗日战争的文艺作品，即出自白求恩笔下。

《中国肥田里的秽草》这一短篇小说，描述了华北山村一个大字不识的农家老汉。祖祖辈辈耕耘劳作的田园生活，毁于日军侵略的战火。老汉在自家麦田中发现了一颗哑弹，于是历尽艰辛，赶着小毛驴，顶着烈日的暴晒，把这个用树叶严严实实遮盖着的"宝贝"，送到了儿子参加的游击队。

故事的灵感，可是取材于山清水秀、民风淳朴的五台山？

"白求恩的这篇小说，显示了他的观察能力和文学造诣。"有评论如是说。

然而，实事求是地讲，对于此篇小说善意的褒奖，我不敢苟同。小说中的某些细节，例如"他忽然看见田边有个奇怪的地洞，中间竖着一个东西，那个东西看起来好像一个削去了头的黑色的大菠萝。"这种想当然的比喻，暴露了白求恩并不真正谙熟华北的乡间生活。上世纪三十年代，五台山一带的农民，何曾见识过岭南的菠萝？

那个冬天，白求恩曾与凯瑟琳小姐秉烛长谈，津津有味地分享她珍藏的陈年红酒，品尝她用羊奶精心制作的乳酪、还有她亲手烘烤的在百里山乡都难得一见的松软的蛋糕。

虽然姑娘荆钗布裙，粉黛不施，满头柔软的秀发一丝不苟地梳向脑后，绾成整齐光滑的发髻，看去过于严肃、刻意端庄了，他却分明感受到了姑娘在他面前情不自禁流露出来的活泼与娇羞。

可是，当他动员姑娘加入抗日阵营，为八路军的医院尽一己之力时，他那向来倾倒众生的魅力，却迎面碰上了铁壁铜墙。

放弃，从来就不是他所熟悉的字眼。

"目前情况紧急，已迫在眉睫。你无法想象，八路军缺医少药的状况有多么严重！与日本军队的战斗如此频繁，我做手术时，却连必需的胶皮手套都没有。伤员们接受截肢时，甚至连麻醉药都无法施用！去跟延安讨要吗？根本无济于事！因为那里同样物质匮乏。等待走私者偷运货物进来？恐怕更是遥遥无期。而伤员们就在这等待的过程中接连不断地死亡！我唯一能想到的人，就只有你了。你是神职人员，可以合法地进出北平城，在那里购买药品并携带回来。怎么样，能帮我一把吗？"

他语气迫切，口若悬河。

姑娘的理由也堪称冠冕堂皇："我反对战争，反对杀戮。但我必须对我的教会负责，保持中立，不能介入任何争端。此外，上帝不支持任何形式的暴力行为，正义也罢，非正义也罢。"

"其实我和你一样，也来自于基督徒家庭。我父亲就是个牧师。从某种意义上来讲，我本人也算是个传教士。"白求恩的雄辩，显然来自父辈的遗传。

"你想拯救人们的灵魂，以便他们将来能在天堂里幸福地生活。而我想拯救的，却是他们眼下在人间的悲惨命运。我们的大方向是一致的，可说是殊途同归！我并非要求你参加战争。我仅仅是请求你，为拯救人类的生命，尽一份应尽的力量！"

凯瑟琳躲开他咄咄逼人的凝视，陷入了难堪的沉默。

寒风掀动了窗帘，烛火忽闪不定，打乱了投在壁上的人影。红酒、奶酪、蛋糕，都寡淡无味了。

那个夜晚，姑娘可曾独自跪拜在耶稣像前，苦苦地诉说心灵的挣扎？

第二日清晨，早霞刚刚洇染了崖畔的石壁，给冬日的山谷带来一丝暖意，凯瑟琳苗条的身影已穿越羊肠小道，出现在八路军驻地的小村庄。

"我决定了，亲自去一趟北平。"她看着他的眼睛，语气坚定、平静。

"是吗？你想好了没有？这可是要担风险的事情

啊!"白求恩激动的声音,难掩喜悦的冲动。

"不错,的确很危险。但你所从事的工作,危险何止千万倍呢!我现在终于相信了,世间发生的一切,皆是上帝的旨意。"

当姑娘顶风冒雪下山,前往日军占领的北平城,去购买受到严格监控的医疗设备和药品时,白求恩在日记里留下了他的感慨。

"我遇到了一个天使:凯瑟琳。如果她不是天使,那么这个词汇又意味着什么呢?"

4

严冬降临时,日军占领了五台山,白求恩和他的战友们辛辛苦苦建立起来的模范医院,诞生仅仅两个多星期,便在猛烈的炮火袭击下,惨遭摧毁,夷为平地。八路军被迫战略转移。

随着骡背上的医疗队,艰难地攀过白雪覆盖的山峰,回望远方依稀可辨的教堂尖顶,白求恩的目光中流露出一丝迷茫。

云横五台家何在？

雪拥雁关马不前。

自从凯瑟琳小姐下山之后，已经很久了，没有收到她的一点消息。她是否安全抵达了北平？她是否能够完成这项重要的使命？

身旁的八路军同伴见状，小心翼翼试探道，这次撤退，不得不离开凯瑟琳小姐，您是否心中难过，依依不舍？

几个月来，大家都在暗地里揣测，两人来往如此频繁，一定是沉浸在热恋之中了。的确，白大夫已离婚多年，孤身一人，早该寻找一个妻子，开始新生活了。

白求恩收回沉思的目光，仰天大笑。"同志！此处是前线，是战场，不是找老婆、娶媳妇的地方！"

八路军转移到太行山东麓之后，白求恩重起炉灶，着手创建了第二家野战医院。和在五台山时一样，地址也选在一座佛寺之中。

春风悄悄潜入山村的某个夜晚,院子里忽然传来同伴们的欢呼声。大家争相转告,凯瑟琳小姐回来啦!

白求恩匆匆冲到门外,四下里张望,"哪儿?她在哪儿?怎么不把她带过来?"

星光下,找不到凯瑟琳苗条的身影。只看见了两匹骡子。上面驮着医疗设备和药品,还有一封长信。

亲爱的白求恩医生:

和你会面的第二天,我就动身去北平了。一路顺畅。经过数天的跋涉,我终于抵达了这座美丽的东方古城。

多么遗憾,你没能和我一起旅行啊,否则我可以做你的向导,陪伴你参观所有的名胜古迹。我敢保证,你对见到的一切,都会由衷地喜欢。

抵达北平次日,我便带着你交给我的那张清单,去了莫里森大街那家大药房。因为我所需要的数量过于庞大,所以店家拒绝出售给我任何药品。显而易见,日本人花费了巨大的精力,严防任何医疗物资包括药品流出日本占领区,用于军事目的。

我了解到，医疗物资必须有敌人官方的正式批准文件，才允许出售。在零售店里，可以不用批准就买到少量药品。但我发现，如果完全依赖零售店这条渠道的话，我恐怕要耗费至少半年的时间，才能买齐你所需要的全部东西。

幸运的是，我有个朋友，他在北平管理着一家医院（作者注：协和医院）。他与我们一样，也拥有同样的信仰。因此，他以这家医院的名义，帮助我获取了官方的批准文件。拿着这份文件，我回到莫里森大街那家药房，买到了所需的大部分药品。至于少部分没有存货的，我第二天跑到哈德门，也在那里搞到了。哈德门那里有一家德国贝耶公司的分店……

我可以想象得出，当你得知，我终于弄到了你所需要的全部物资时，心里该是多么快乐啊！虽然这整个过程搞得人精疲力竭，我却非常高兴，能为你，而去做这一切。

在完成这些任务之后，我才花时间去处理我们教会的相关事宜。我知道，读到此，你又该笑了。

我仿佛能听到你爽朗的声音：购买医疗设备和药品，也是百分之百地为上帝和教会服务啊！

我不会反对你这样说的。让咱俩达成共识吧：为你服务，也是为教会服务的一部分……

按照你所要求的，我去一一拜访了你在北平城里所有的朋友。当他们听我叙述了你在这个国家某个地区所从事的工作之后，大家先是很惊讶，继而十分兴奋，接着，每个人都表示，盼望能够与你会面、好好聊聊。

J甚至询问，他是否能随我一起回来，加入到你高尚的事业中去。我不知道你会怎样考虑，但我仅仅能向他允诺，下次我再来北平，可以带着他同返太行山。

（接下来，凯瑟琳描述，她在回程中，遇到了日本宪兵和伪军的盘查，她是如何成功地说服了他们，这些医疗用品都是为她所在的教会服务的；还有她在敌占区小镇上的停留，以及她返回自由区之后与八路军代表的晤面。）

我在半途中，被来自第三战区的一个军官拦住了。他对我说，他收到指令，让他从我这里领走物资，然后转交给你。我照办了。尽管我十分渴望，能够当面把这些物资亲自递交到你的手中。

然而，想到你戎马倥偬，转战天涯，行踪飘忽不定，我终于决定，还是遵命照办吧。所以，此刻我给你写信，并附上物品清单……

我感到，我已经逐渐能够理解你的工作意义何在了。明白之后，我极为迫切地盼望着，能够与你分担这一切。这是无比崇高的事业。若是我能略尽绵薄之力，我将会欣喜万分。

衷心祈祷上帝，迅速惩罚那些制造灾难与不幸的奸佞之徒。你曾经提到，惩罚恶人，将是上帝给他的子民带来的最大福祉。你是正确的。

今晚，我将在上帝面前为你祈祷。

> 你真诚的，凯瑟琳

没有一个"爱"字，不见一丝晦涩。我却从字里行间，清晰地捕捉到姑娘矜持含蓄、竭力掩饰的深情。

毫无疑问，诺尔曼继承自父亲的执着、母亲的热情，无可抗拒，难以抵挡。年轻的新西兰女郎被彻底征服了，心甘情愿地加入到中国人民圣战的一方。

白求恩大夫呢？也许，他也难掩胸膛里的悸动，也许，他早已习惯了来自异性的仰慕之情。

读罢信，他踱到庙门外，站在高高的台阶上，仰望着天幕上北斗的清辉，陷入了良久的沉思。

微风细草，旷野繁星。他可是想起了五台山上那一个个温馨的夜晚，烛光摇曳，笑语盈盈？

"基督徒们相信，每当你拯救了一颗灵魂，你死后到了天堂里，就会享受快乐。今天晚上，我却要在人间享受这种快乐了，因为我们的军队赢得了一名出色的新兵——凯瑟琳小姐。"

回到室内后，他对身旁的中国同伴们说。"她来到中国，本是为了扭转别人，去信奉她的基督教义的。然而，这位基督徒，却被拉入了我们的队伍！我们把天堂和人间的距离拉近了，这难道不是很有趣吗？"

后来呢？我们可敬可爱的天使凯瑟琳小姐最终去了何方？

黄鹤杳然。我唯一知晓的是，日军占领了五台山之后，那座白云缭绕的青灰色的基督教堂，也焚于战火和硝烟。

5

二零一二年初夏，我初次踏入五台山胜地。驻足高高的山崖旁，眺望雨后青翠如洗的山谷，满目色彩缤纷。红墙绿瓦，琉璃金顶，香烟缭绕，诵经声嗡嗡。

找不到松岩口模范医院的废墟痕迹。更难寻教堂钟楼的断壁残垣。清晨的阳光在松涛间舞动，透过崖畔古柏的枝丫，映现出两个鲜活的人影。年轻纯洁的凯瑟琳·霍尔，目光炯炯的诺尔曼·白求恩，正在忽明忽暗的烛光下，相视而笑，侃侃辩争。

白求恩特立独行的个性、招致非议的举动，使他在自己的祖国成为倍受攻击的对象。那积蓄已久的郁闷和沮丧，在抵达东方的神秘古国之后，才终于得以释放。

在写给故乡朋友的信中，他曾经如此形容自己的心境。

"此处的生活,既粗陋又艰苦,但我却乐在其中。虽然十分劳累,我却很久都没有如此快活过了。我感到巨大的满足,因为我正在做的,恰恰是我希望从事的工作。我的财富来自于每时每刻都有重要的工作来做!我深深感受到自己被需要时的那种欢乐!"

在五台山的战地医院里,白求恩亲自绘图,教乡村木匠制作固定骨折用的木夹板和牵引架,还亲手拿着榔头敲敲打打,指导铁匠打造夹板上的铁条。他自己动手,裁剪美孚废油桶,教人们烧焊伤员用的大小便器和喝水杯,并指导乡村妇女为伤员缝制中间掏出一个透气洞的棉垫子。

"我没有钱,也不需要钱。我无比幸运,因为能够与那些真正把共产主义作为生活准则、而不仅仅是奢谈和空想的人们为伍,并肩奋斗。"

"在中国人这里,我找到了真正的战友,他们属于人类最高尚的那一类。他们目睹过残酷,但他们懂得温柔。他们品尝过艰辛,却懂得如何微笑。他们忍受过巨大的磨难,却拥有坚韧、乐观、智慧与安详。我逐渐地爱上了他们。而且我知道,他们也同样爱着我。"

八路军的津贴,从战士到团级以上的干部,每月分别为一元,二元,三元,四元,五元。毛泽东也是五元。为了照顾白求恩,中央特批给白求恩一百元。他却从来没有领取过。

司令部配备给他一匹缴获日军的枣红马,倒是被接受了。但他舍不得,很少骑它,仅仅用来驮运医疗器械。

炊事员见他操劳过度,身体越来越瘦,曾悄悄地杀了一只鸡,煮了鸡汤给他补养。他却大发雷霆,把鸡汤端到了病房里,每人一勺,一口一扣,轮流喂到了病床上的伤员口中。转回身来,他和战士们一起,嚼着小米饭,喝白菜汤。

我曾难以理解，诺尔曼的妻子弗兰西丝，一个出身上流社会、教养良好的英国女郎，为何会两次嫁给这个最值得爱戴的男人，却两次均以离婚收场。

广为流传的说法之一，是新婚不久的夫妇二人抵达美国的汽车城底特律，开设诊所之初，因世界观不同所暴露出来的矛盾。白求恩多次为那些无钱看病的穷苦黑人免费做手术，严重地影响到了家庭收入。长此以往，过惯了养尊处优生活的弗兰西丝，心中难免积怨。当初嫁给一个外科医生，岂能料到会过上这种捉襟见肘、入不敷出的生活？

"我们作为医生不能袖手旁观，不能眼睁睁地看着成千上万的人缺医少药，身处悲惨境地。解救人类的苦痛是医务工作者的历史使命，我们责无旁贷。"白求恩曾写信给朋友们。

是啊，岂能期待弗兰西丝会理解身边这个男人呢？自幼年起，白求恩就跟随着不断失业的父母四处搬迁，遍尝世态炎凉、人间冷暖。上中学时，他就必须利用寒暑假去遥远的边陲林区小镇打工，混在大字不识几个的伐木工人之间，风餐露宿，为自己积攒读大学的费用。

也曾看到过令人啼笑皆非的一段逸闻。

某日，弗兰西丝在拉开家中的冰箱，准备取肉烹调晚餐时，却骇然发现了丈夫存放在冰箱里做试验用的人体内脏。对于墨守成规的女人来说，婚姻自然走到了忍无可忍的尽头。

然而，当诺尔曼躺在太行山深处黄石口村农家的土炕上，奄奄一息，等待死神降临的时刻，他却没有忘记在遗嘱中关照那位已经离异多年的前妻。

他叮嘱八路军司令员聂荣臻，一定要转告加拿大共产党总书记蒂姆·贝克和他的同志们，用分期付款的方式，按时支付他前妻弗朗西丝的生活费。

"我对她负有不可推卸的责任。不能因为我自己没有钱，就使她中断生活来源。请向她说明，我是十分抱歉的，但也请告诉她，我曾经十分快乐……"

在那悲哀的日子里，聂荣臻司令员并没有守候在黄石口村的病榻前。

一九三九年十一月上旬,他所指挥的晋察冀部队在一二零师的配合下,刚刚取得了雁宿崖、黄土岭战役的重大胜利,击毙了日军"名将之花"阿部规秀中将,歼敌一千五百余人。经白求恩救治的伤员中,也有日本士兵。

炮火连天,硝烟滚滚。激烈的战斗,不知已持续多少个日夜了。战士们喊着他的名字,迎向敌人的子弹。

"冲啊!白大夫和我们在一起,他能起死回生!"

一批又一批伤员抬进来,放在小庙外冰冷的土地上,等候着接受没有麻醉药的手术。机关枪声忽近忽远。炮弹呼啸着掉落在四周,小庙的瓦顶被震动得嗒嗒直响。

晨曦再次透入了窗棂。白求恩步履踉跄,走出小庙,眨巴着干涩疲惫的双眼,看看东方初露的曙光,凝视着周遭坍塌的农舍、冉冉焚烧的黑烟,嗅嗅空气中弥漫的焦肉的腥臭,一语不发。他朝自己脸上浇了一捧冷水,甩甩麻木酸疼的双臂,便重又返回到临时搭建的手术台上。

又一场战斗结束了。敌人被击溃,撤退到三里开外的荒野里喘息。白求恩大夫呢,已经马不停蹄,连续工作了六十九个小时,整整救治了一百一十五个伤员。

凯瑟琳小姐历尽艰辛从北平一次次运回来的药品,早已消耗殆尽。在疲惫不堪的马拉松手术中,白求恩不慎割伤手指,感染了败血症,却没有任何药品救治,只有面对死亡。

等待死神降临的过程,是令人恐惧的。趁着意识清醒之时,断断续续地,他留下了我们今天都知道的遗嘱,把属于自己的所有物品,一一分赠给身边的中国伙伴。

"两个行军床,你和聂夫人留下吧,两双英国皮鞋,也给你穿了。

马靴和马裤,给冀中的吕司令。

贺龙将军也要给他一些纪念品。

给叶部长两个箱子,游副部长八种器械,杜医生可以拿十五种,卫生学校的江校长,让他任意挑选两种物品作纪念吧!

打字机和松紧绷带给郎同志。

手表和蚊帐给潘同志。

一箱子食品送给董同志，算作我对他和他的夫人、孩子们的新年礼物。文学的书籍也给他。

给我的小鬼和马夫每人一床毯子，并另送小鬼一双日本皮鞋。

照相机给沙飞，储水池等给摄影队。

医学书籍和小闹钟给卫生学校。

……

每年要买250磅奎宁和300磅铁剂，专为治疗患疟疾者和贫血病患者。千万不要再往保定、天津一带去购买药品，因为那边的价钱要比沪、港贵两倍……"

最后，诺尔曼写道：

"请将我永不变更的友爱送给蒂姆·贝克以及我所有的加拿大和美国的同志们。请告诉他们，我一直非常快乐。我唯一的遗憾是，我将无法继续奉献了。

过去的两年，是我的生命中最有意义、最为非凡的两年。虽然有时感到孤独，但我却在这些值得敬爱的同志们之间寻找到了最大的满足。

我没有力气再写下去了……让我把千百倍的谢忱送给你和众多亲爱的同志们。

诺尔曼·白求恩"

接连五天，人们用担架抬着白求恩骨瘦如柴的遗体，顶着初冬凛冽的寒风，沿着太行山崎岖的小径，穿越了一个又一个村庄，与乡亲们一一作别。担架后面，跟随着成群结队的男女老幼，哭泣着送别曾经不分昼夜、废寝忘食地为中国百姓驱赶病魔的"白大夫"。

加拿大政府拍摄的纪录片《白求恩》中的结束语是这样说的：

"他死在一个群星灿烂的夜晚。他知道——我们也都知道，他将要死去。我们无法忍住哭泣。我们翻山越岭，扛着他那已是很轻很轻的尸体，走了很远很远。村里的乡亲们都来了。他们全都哭了。苍天也哭了。我们要在群山中为他建造一座陵墓。"

十一月十七日深夜，八路军将白求恩的棺木秘密埋葬在于家寨村的狼山沟，地面抹平，做了暗记，以防被日军发现，遭到破坏。

消息传至延安，毛泽东悲愤交加，挥笔写下了那篇著名的文章《纪念白求恩》。从此，在中国人民心目中，耸立起一座丰碑。

一个高尚的人，

一个纯粹的人，

一个对技术精益求精的人，

一个脱离了低级趣味的人，

一个有益于人民的人。

6

二〇〇九年深秋，在白求恩大夫逝世七十周年的那个日子里，加拿大滑铁卢大学孔子学院和魁北克孔子学院联合举办了一场研讨会，纪念这位伟大的国际主义战士。

很早之前，我就开始和朋友们策划，并特意邀请了来自加拿大东西两岸的学者和专家，在白求恩忌日这一天，从四面八方齐集于蒙特利尔市。

会上，几位加拿大学者从不同角度介绍了白求恩大夫的生平，例如，从他的童年轶事探讨英雄的心理成长、他对绘画艺术的追求和奉献、他在医学领域里的发明研究和杰出贡献等等。这些内容，远远超越了我们从小便耳熟能详的华北抗日战场上救死扶伤的故事，使白求恩的形象更趋丰满和人性化，加深了我对这一伟大历史人物的理解和爱戴。

我在会上朗读的一段文字，是从刚刚完稿的英文小说《雪百合》中删除掉的一个情节。这个情节，来自于一个扑朔迷离、至今无法证实的传说，是关于白求恩医生弥留之际的最后遗言的。

加拿大妇女出版社的责编委婉地建议我删除这个情结。虽然我与她的看法有别，但思考再三，最终还是尊重了她这位加拿大人的感情，虽然我心存遗憾。

没想到，我的朗读引起了在场观众一片抽泣声。我的话音刚落，就有一位加拿大法裔女作家激动地站起来，揉着红肿的眼角，阐述我在她胸中掀起的波澜。

紧接着站起来的，是一位与我年龄相仿的华裔男性。他谈到了多年前初抵加拿大留学，在维多利亚皇家医院的墙壁上看到白求恩纪念铭牌时，内心的无限感慨。私下交谈时，我才知晓，这位来自上海的同胞，有个大名鼎鼎的父亲，著名导演汤晓丹。

午间休息时，我们率领全体与会者，步行了二十几分钟，穿越蒙特利尔闹市区，来到一条繁华的大街上。在晴朗的蓝天下，伴着《国际歌》的乐曲声，我们轮流上前，向矗立在街头的白求恩雕像，敬献上一支支芬芳美丽的鲜花。

在那个动人的时刻，仰望秋风中飘然而落的红叶，我情不自禁泪流满面。可叹街头驻足观看的众多行人，几人明白我悲从何来？

那绝非单纯地对一个英雄人物的崇拜。那关乎我们回首来路，检视足迹时，对人生价值的自我审判。

一九四〇年一月五日，当八路军将白求恩的遗体迁移至太行山一个高坡上正式下葬时，漫山遍野站满了百姓，万人恸哭，悲声震天。

然而，一九八七年，我初抵加拿大，就发现英雄故乡的人们对白求恩所持的态度，与中国人的大相径庭。人们要么对这个名字懵然无知，要么仅仅听闻过一些流言蜚语，便给以轻佻的评判："他呀，脾气暴躁，酗酒成性，与女人绯闻不断，还是个共产党！"

魁北克孔子学院的荣萌院长与我一样，同为八十年代赴加拿大的老留学生。她曾与导师做过一个试验。两人一起守候在康考迪亚大学门前的白求恩塑像前，询问每一个过路的大学生："你是否知道这个雕像是谁？"

毫不奇怪，所有中国学生的回答都是肯定的。而所有的加拿大学生却都茫然不知所问。

终于，荣萌碰到了一个加拿大女生，她说知道谁是白求恩。可那仅仅因为她是医学院的女生，所以才听说过这位杰出的胸外科大夫在医学领域里的各种贡献和发明。

在中国现代史的课堂上，我常常会按捺不住，滔滔不绝地向学生们讲述起中国人民心目中这位不朽的英雄。每当看到青年学子们目光中燃起的火花，看到他们匆匆记下这重如千钧的名字时，我才会长长地舒一口气。

多么希望世人皆知：一个人虽然早已离去，但他的英魂不散，他所代表的人类最崇高美好的精神将永存。

7

二〇一三年的夏天，为了推动一个与白求恩相关的文化项目，在暑热蒸腾中，我回到祖国，并和朋友一起拜会了位于京西立交桥下的"白求恩精神研究会"。

相见之后，研究会的几位理事面露诧异之色。原来，他们曾在《光明日报》上读到过我头几年发表的散文《罗莎琳的中国》，并在他们的会刊上选载了部分内容。但一直以来，他们都误以为我是男性。

负责会讯的马国庆总编匆匆拿来了一个信封，言明是给我的转载稿费。我未拆封，随手捐给了该协会。

最令我喜出望外的，是几位老总与我分享的消息：全世界独一无二的毛泽东与白求恩的合影照片，最近在加拿大露面！

人们都知道，白求恩曾经去过延安，并和毛泽东见过面。但是，迄今为止，却没有留下过任何照片，无论是官方的还是私人的。所以，毛泽东究竟何时接见过白求恩、一共接见过几次，似乎也成了无法确认之谜。被掩埋了七十多年的历史真相，却由于一张偶然发现的照片，得到了证实。

马总编拿来了那张照片的复印件。那是一张年代久远、颜色泛黄的黑白照。一眼扫过，我便毫不犹豫地断定，"这是真实的，绝非伪造！"

白求恩和毛泽东侧身并排而坐，从姿势上看，似乎是坐在那种称为"马扎"的小板凳或者是没有靠背的条凳上，在一个光线幽暗的场所里。他们也许是在延安的大礼堂里，与其他人一起听报告，抑或是观摩文艺演出。

那时的毛泽东还很年轻，头戴我们都熟悉的红军帽，双手托着下巴，聚精会神地注视着前方。也许，他压根就没有注意到，身旁这位身着八路军军装的国际友人，悄悄拍下了这张具有历史意义的绝照。

为什么这一珍贵的历史文物竟然埋藏了这么久才见

天日呢？我好奇地打探。

据说，照片的拥有者，是一位叫比尔·史密斯的老人。他居住在加拿大安大略省的伦敦市，长期以来过着离群索居的生活，甚少在公众场所抛头露面，但由于他对中国怀有的深厚感情，才与一个中国移民相识交往，并向他展示了自己收藏多年的珍贵文物。

马总编说，据他们所了解到的情况，白求恩大夫在中国期间，曾给比尔·史密斯的母亲写过多封信件，介绍八路军抗日情况和他的工作感受。这张照片就是白求恩送给他母亲莉莲的许多照片中的一张。比尔还保留着许多在中国出生的父亲的遗物，其中有从中国带回加拿大的清代的绣花丝绸长袍，以及记载他父亲在西班牙内战时期作为加拿大志愿军领袖的历史文物和资料。

"这张照片很可能是白求恩用自备相机拍摄的。这也是该照片没有在中国被发现的原因之一。据考证，一九三七年底，白求恩动身来中国之前，专门在加拿大买了一台柯达莱丁娜Ⅱ型相机。从这张照片的取景和用光等角度来看，不像是专业摄影师的正式摄影，很可能是白求恩让别人用自己的相机帮助拍摄的。当时胶卷比较珍贵稀少，白求恩应当是在离开延安、奔赴五台山之前，把照片洗印并寄给加拿大的莉莲的。"马总编的分析和判断，听去合乎情理。

"白求恩精神研究会"的理事们说，由于语言障碍，他们只能通过邮件，与那位华裔移民沟通，试图与比尔·史密斯取得联系。但是，近期来，不知何故，那位华裔移民突然隐形了，很久都收不到他的任何消息，甚至不知他身在何方。

理事们提出，希望我能够协助他们，寻找到比尔·史密斯，接续起断线的风筝。

加拿大老人与这张照片的故事中，牵涉到一些历史人物和关系，极大地激发了我的好奇心。我欣然允诺，将全力以赴，协助"白求恩精神研究会"完成他们的心愿。

8

返回加拿大之后，我立即把这一消息告诉了我的朋友——远在蒙特利尔的法裔女作家米雪·提塞尔。她与我几年前在"纪念白求恩逝世七十周年研讨会"上结识，从此成为知心朋友，不断书信往来。

米雪是当地一个左翼团体的骨干成员。多年来，她和一批志同道合的加拿大知识分子奉献出自己的时间，致力于发扬白求恩所代表的国际主义精神和人道主义精神。

近两年来，我们数次会面，合作策划了"沿着白求恩的足迹"这一跨越三国——加拿大、西班牙、中国——的旅行考察项目。我们准备带领加拿大和西班牙两国的学者和作家，于二〇一五年秋季抵达中国陕北延安，重走白求恩战斗过的五台山、太行山，并在他长眠之地，纪念世界反法西斯战争胜利七十周年。

米雪的激动之情是不言而喻的。她立刻与奥宾基金会的朋友们分享了这一消息。

几个月之后，我收到了她一封电邮："彦，我们找到了比尔·史密斯，还和他见了面！他手中有很多白求恩写给他母亲的信。知道吗，最后一封，是爱情信！我太激动了！请你在今晚九点钟之后给我来电话。米雪。"

什么？爱情信？是真是假？怎么此前从未听说过？难道说，白求恩没有在五台山上接受凯瑟琳小姐抛来的红丝线，与那位天使般的姑娘失之交臂，是因为他心中早已另有所属？这是一位什么样的女性呢？

又是一个冬春过去了。午夜梦回时，这一悬念时时敲击着我的胸口，令我生出无限的遐思与期待。然而，米雪和她的朋友们虽然在蒙特利尔会晤过比尔·史密斯，却声称对他的家庭住址和联络方式一无所知。

好不容易接续上的风筝，再次断线。

从电话交谈中得知的信息来看，据说这位老人对上个世纪七十年代加拿大工人运动中的一些内部矛盾纠纷，迄今仍旧耿耿于怀，难以释然，因此淡出了政治圈子，断绝了与任何政党和组织的往来。

怎么办？自己动手，丰衣足食。安省的伦敦市距离我所居住的滑铁卢市，不过一百公里之遥。漫天撒网，一番搜索后，立即就发现了比尔·史密斯的踪迹。

原来这根本不是新闻。早在二〇一二年春天，当地的英文日报《伦敦自由报》就已刊登过老人的图片新闻，报道了他手中珍藏有历史文物这一消息。

白求恩的遗物将会去中国吗

记者：詹姆斯·瑞内

居住在安省伦敦市的退休社会活动家比尔·史密斯小心翼翼地展开了一封信，那是诺尔曼·白求恩写给他母亲的。旁边放着一张照片，注明日期是1938年5月1日，是白求恩与毛泽东在中国的合影。史密斯的父母和这位令人尊敬的加拿大医生曾经是朋友。他正在寻找机会，把一些相关的资料出售给中国，因为那里是白求恩广受爱戴的地方。

"他们比我们更珍视这些。"史密斯说。他的双亲把这些留给了他。七十岁的史密斯现在依赖退休金生活。出售这些遗物，可以帮助他支持一些有意义的工作。

1938年，住在窑洞中的毛泽东正在领导中国共产党的军队抵抗日本入侵者。史密斯的父母和白求恩是在加拿大共产党的圈子里成为朋友和同盟者的。他父亲是加拿大工人阶层的新闻记者，在1936—1939年的西班牙内战中曾经领导了加拿大的志愿军纵队，与反对弗朗哥法西斯政权的共和军并肩作战。

"我父亲是第三位领导人，因为在他之前已经有两人牺牲了。"史密斯说。他父亲的朋友白求恩那时是医生，也去了西班牙。离开西班牙时，白求恩与比尔·史密斯的母亲莉莲重逢。此前，她曾因罹患肺结核而接受过白求恩的治疗。采用的治疗技术是白求恩首次发明并拿自身做过试验的。

"是我母亲说服了白求恩去中国的。"史密斯说。莉莲告诉这位医生，行动不是在西班牙，而应当在中国。史密斯的父亲本来就是出生在中国的传教士之子。这些相互关联的因素，促使白求恩投入了中国的战场。

白求恩于1938年抵达中国，帮助毛的军队。1939年他在给伤员做手术时割破了手指，血液感染，很快就去世了。

白求恩在中国被誉为"寻求善良之光"。2004年，加拿大广播电视公司的电视观众在评选一百位"最伟大的加拿大人"时，白求恩名列第26位。

但在中国，那里有以白求恩命名的医院、大学、展览馆、博物馆、塑像，人们对白求恩的崇拜远远高于此间。

白求恩去世之前的几个月，他曾给史密斯的母亲写过一封信，同时也给其他加拿大共产党的朋友们写了信。这封寄给莉莲的信来自华北的晋察冀边区，时间是1939年8月15日。白求恩写道，他希望在11月时回国一趟，专程去募捐。

"他的愿望却永远未能实现。"比尔·史密斯说。

如今，史密斯准备把他家里保存的白求恩遗物归还到对这位医生尊敬有加的国度去。直到今天，史密斯还秉承着他的家族传统，身为加拿大左派并保持着与中国文化的纽带。

他的一位朋友已经返回到中国，探索移交白求恩遗物的渠道。史密斯打算专程去渥太华一趟，探讨如何处理这些家传的遗物。

"中国有几处白求恩纪念馆。我真诚地希望，这些遗物能在白求恩纪念馆中让公众瞻仰。"

他说。

读罢文章,我抑制住激动的心情,迫不及待地给《伦敦自由报》的这位记者打去了电话,并在他的协热心协助下,几经周折,最终找到了比尔·史密斯的下落。双方通信之后,又经过数月之久的耐心等待,才终于约定了周末见面的时间。

我请求爱人驱车,带我来到了一个多小时车程之外的伦敦市。于是,便有了那个夕阳斜照的傍晚的会面。

9

"很抱歉,让你们看到我这副糟糕透顶的模样!你们进门之前,我才吞服了一粒止痛片。否则,我甚至无法坚持坐在这里,和你们交谈。"

我这才知道,为什么老人一再推迟我们见面的时间。原来,夏天时,老人车祸受伤,步履艰难,已蜗居家中,多日不出门了。据他讲,此前已经轰走了好几个登门拜访的不速之客,都是看到《伦敦自由报》之后慕名而来的中国人。

他咬牙皱眉,勉强弯下腰板,从茶几下取出一个牛皮纸袋,颤抖着双手,小心翼翼打开了一个巴掌大小、已经破碎的灰黄色信封。

"都在这儿呢,你慢慢看吧。当初发现时,就是这种模样。"

打开信封,展开里面那张边缘磨损、发黄的信纸后,露出了夹在信纸中间的二寸见方的珍贵照片。是真迹。比我先前看到的复印件小了许多。照片的背面,依稀可辨白求恩亲笔书写得潇洒的钢笔字迹:

毛泽东和白求恩
延安
1938 年 5 月 1 日

我不忍触碰那张布满裂纹、几近破碎的信纸,便把它平摊在面前的茶几上,俯身其上,借着落地灯投下的光亮,仔细辨认上面模糊不清的字迹。

中国河北西部晋察冀军事区 G.H.Q.

1939 年 8 月 15 日

  亲爱的，

  我在中国地图上的许多城市到处给你发信，在延安发过，在北平也发过……殷殷地期盼着，你能收到它们。可是，看来你却像从未收到过一封。

  今年三月和五月，我都从北平给你发过信，指示你到那座城市去。从北平城到我们这个地方来，十分方便，只需两天路程就够了。然而，我的联络人却只得到了这样一个回复："没有经费。"后来，有几个传教士要返回加拿大去，其中一位十分同情我的处境，因此也给他们带过话。从春天到夏天，整个这段时间我都在河北中部停留，由于完全被敌人包围了，我们经常接连数月都与外界彻底隔绝。

  我准备回国停留几个月。我的工作需要很多钱，但我却什么也得不到。我真不明白，从加拿大和美国筹集来的资金都去了何方？我在这儿建立的医疗培训学校中，有二百位医生需要培训，每个月都需要至少一千块银元的经费。

我计划在11月动身，这样，在1940年的二月底就能到家了。因为我要绕道南方，路途遥远。

我曾给你拍过一封电报，让你不必马上来此地汇合了，而应当留在加拿大等待我。至于我嘛，当然必须留在这里工作。如果你仍然保持着和我一致的想法，那么，明年你可以随我一起，同返中国。

我是七个月之前收到你最后一封信的。从那以后，就再也没收到过来自加拿大或是美国的只言片语了。

啊，上帝，时间已经过去这么久了。我极度疲惫，瘦弱不堪，已经精疲力竭了。也许，你不会再喜欢你的老家伙了！

再见了，亲爱的莉莲！

白

是爱情吗？我不敢确定，向身旁几位加拿大教授咨询。在他们眼里，那种亲密的关系，是无可隐匿的。因为在抬头的称呼上，白求恩使用了"Darling"这个仅仅用于恋人之间的字眼。

在他书写这封信的时候,岂能预料,恰恰是在两个多月之后,也就是他预计要动身回国,为中国人民抗战募捐的十一月十二日那一天,他将要永远告别这个世界,长眠于异国他乡的土地上,再也不能回到他朝思暮想的恋人身边了。

比尔拿出了另一张老照片,二寸见方,是白求恩大夫的半身像。虽然那时的诺尔曼已开始谢顶了,但比我们熟知的他在晋察冀边区的那些历史照片,此时的白求恩,面颊尚圆润丰满,目光温存,唇角含着一丝顽皮的浅笑。

照片的背面,是他用钢笔书写的手迹:

给莉莲,

捎去爱。

白

1938 年 2 月 6 日于香港

"不是说,他给你母亲写过很多封信吗?怎么只有这一封呢?"我渴望看到更多的历史真迹。

比尔摇摇头。"也许他写过不少,但我母亲都没有保存。就连这最后的一封,夹着他与毛泽东合影的这封,也是在我母亲去世后,我整理她的遗物时才发现的。"

"你父亲是否知晓他们之间的这种情感呢?那时,你的父母应当已经结婚了吧?"我大胆地追问。

比尔的目光中闪过一丝忧郁,夹杂着遗憾,或是不甘。"我不知道他们是何时结婚的。父母去世后,我找了很久,都没有查到任何文件。无论是市政厅,还是教堂里的记录。"

老人的父亲爱德华·史密斯,是加拿大共运史上赫赫有名的传奇人物。一个叱咤风云的汉子。他能否接受自己的亲密战友和妻子之间的特殊情感呢?不过,谁知道呢,也许这对夫妻之间的感情那时早已出现了裂痕?

比尔摇摇头,目光投向玻璃窗外逐渐模糊不清的树影,似乎有意避开我的视线。

"上辈人的感情纠葛,我毫不知情,也不愿胡乱揣测。我说过,母亲在世时,从未和我提起过她与白求恩之间究竟是怎么回事。那会很尴尬的。这个,你懂得。"他耸耸肩,自嘲似地笑了一下,接着补充道,"我只知道,我来到人世,纯属意外。母亲年轻时,患过肺结核。那个年代,肺结核与如今的癌症一样,几乎等于不治之症。大多数患者都束手无策,只能眼睁睁地等候死神的召唤。"

白求恩曾讥讽说,世界上只有两种类型的肺结核,一种是富人的,得到治疗,一种是穷人的,只有死亡。

在底特律贫民窟为无钱医病的穷人义务诊治的过程中,白求恩自己也染上了肺结核。

我的同事朱蒂丝·米勒教授自幼在蒙特利尔长大。她告诉我,白求恩曾在那个城市建立过一所儿童美术学校,义务教贫穷的孩子们绘画,并曾举办过一次个人画展。她仔细分析过白求恩所创作的一批油画。其中一张,展示了一个儿童死于天使的怀抱之中。也许,染上肺结核的白求恩,也曾悲哀地预感到,死神将不可避免地降临头顶。

在濒死的体验中,他研制发明了一种新的治疗方式,并率先在自己身上做试验,治好自己之后,才将这个方法用于其他患者。

"我母亲也是被他治好的。他摘掉了我母亲一半的肺叶。你想想嘛,一个只剩下一半肺叶的女人,身体那么孱弱,怎么会有怀孕生子的欲望呢?所以我说,我来到人世,纯系偶然。"

我抬起头来,盯着像框里那个年轻女人明媚秀丽的轮廓,陷入了惆怅。

也许,获悉了来自遥远的东方那个令人心碎的噩耗之后,莉莲才终于放弃了与恋人重逢的梦幻,选择了做一个母亲,像一切普通女性一样,循规蹈矩,了此残生?

比尔是一九四二年三月在多伦多城北出生的。

他童年的记忆,大约始于四岁那年。那座红砖小平房,是当木匠的外祖父在二战期间修造的。精雕细刻的门窗,布局合理的室内设计,显示了外祖父高超的手艺。比尔的父母搬入后,房子后面朝南的那间阳光温室,被改造成了他们的卧房。

四十年代的多伦多,拥有汽车者,尚属凤毛麟角。大家全依赖商店送货上门。清晨起身,比尔会牵着母亲温暖的掌心,到门前迎接一辆辆络绎不绝的马车,选购蔬菜、牛奶、面包、果酱。那些平凡的岁月，给比尔的童年留下了美好而温馨的记忆。

不久前，比尔曾故地重游，发现那座红砖平房已经消失，代之以一座造价低廉的高层公寓楼。

"如今的多伦多，已经成了动物园的笼子啦"，他不无讥刺地从鼻孔里哼了一声。

谈起父亲的家世，老人难掩自豪之情。

祖父乔治·塞西尔·史密斯本是大英帝国的臣民，一八九○年受英国教会派遣，不远万里，来到中国传教，一直住在贵阳，担任圣公会教堂的贵州主教。

"中国人都称呼他为季先生，这是根据祖父的名字乔治的谐音而来的。"比尔眼中闪动着快活的光芒。

从比尔珍藏的摄于一九一○年的一张旧照片上，可见其祖父身穿中式长袍、蓄花白长髯，与一群头戴瓜皮帽、脑后留长辫的中国教徒的合影。比尔的祖母，虽为高鼻深目的西洋人，也身穿大襟衫裙，皂鞋白袜，与身旁的村妇们一般无二。

"我祖母是澳大利亚人。年轻时到中国传教，在那里与我的祖父相遇、结婚。"比尔与祖父母从未谋面。

那对老夫妇在抗日战争中殁于贵阳,永远地留在了遥远的东方。

祖母给比尔留下的印迹,是他周岁生日时收到的一份礼物。那是一只绒布缝制的玩具小熊。漂洋过海,邮寄到多伦多的家中。

比尔拿给我一张英文剪报。是一九二九年十二月出版的刊物,上面记载着一则年月不详的历险经历。

年迈的祖父曾离开贵阳,途经遵义,到黔东的深山老林里传播福音。途中,他遭到"土匪"队伍的绑架,受尽酷刑折磨和敲诈勒索,但最终却死里逃生。

"估计那是红军干的吧。"比尔耸耸肩膀,咧嘴一笑。"反正那个时候,红军也是被称作土匪的。"

"不可能吧!"我摇头。一九二九年,长征还没开始,贵州怎么会有红军的踪迹?

不过,文章中提到了土匪绑架老头的理由。因为他被看作"帝国主义分子",所以没有像其他被绑的肉票一样立即遭到杀害,而是逼迫他拿出二十万块银元来赎命。这等超越山野草莽的"政治觉悟",又令我疑窦丛生。可见,当时的反帝宣传,已深入人心,无论是土匪还是乡民，都拥有这种简单的认知。

比尔的祖父遭受绑架和酷刑折磨的日子里，比尔的父亲爱德华正在加拿大，积极投身于共产主义运动。

爱德华于一九〇三年在贵阳出生，从小就跟随家中的仆人学会了一口当地土话。北伐战争前，不满二十岁的爱德华移民来到了加拿大。若干年后，他担任了劳工期刊的记者兼编辑，成为声名显赫的左翼知识分子。

"你父亲是加拿大共产党的创始人之一吗？"我问。

"他不算，"比尔摇摇头。"加拿大共产党早在一九一九年就在安大略省圭尔夫市的一间小酒吧里宣告成立了。创始人，就是白求恩遗嘱里提到的总书记蒂姆·贝克。"

上世纪二三十年代，比尔的父亲在多伦多建立了共产党支部、组织工人运动、为底层人民争取权利。

"我父亲把自己界定位为作家和战士。他与人合著的剧本《八个男人要说话》，是加拿大当时唯一的禁书。我母亲则由于组织工人们演出莎士比亚的戏剧，有借古讽今之嫌，也成了受当局迫害的对象。"

网上查阅，发现了该剧的背景资料。《八个男人要说话》是创作于一九三三年的加拿大话剧。虽然该剧仅仅上演过一次就遭到禁演，但是，当局对其进行镇压的企图，却煽起了一场令加拿大政府颇为尴尬的政治运动。

据悉，该剧阐述了加拿大共产党创始人蒂姆·贝克的故事。时任共产党总书记的贝克因"提倡暴力推翻政府"之罪名而被捕下狱。剧本详述了在狱中的一场暴乱中当局企图暗杀贝克的阴谋。因为，贝克虽然并未参与那场暴乱，却有无数长着眼睛的子弹准确地射入了关押着他的那间牢房。

该剧于一九三三年十二月四日在多伦多的一家剧院上演后，立即引起了政府的强烈反弹。警方勒令该剧停演，并威胁如果继续上演，则将吊销该剧院的营业执照。不过，由于该剧所引起的一系列社会反响，贝克和他的同志们最终获得释放。

"这个剧本早已绝版了。但是，渥太华大学出版社在去年发行了新的版本。"比尔面露欣慰的笑容。

老人告诉我，加拿大共产党成立初期，属于地下组织。虽然到了三十年代,已经大致属于合法团体了,但根据刑事法的第九十八条,共产党仍然常常遭到警方的骚扰。

当局决定,应当彻底粉碎这个组织,以消除隐患,于是下令对共产党总部进行了突然袭击。他们认为,如果把骨干分子关进监牢,共产党就会自然而然地分崩离析了。

当时逮捕了十个人。其中一个年仅十七岁的少年,很快就被释放了。另外一个,被遣送回他远在欧洲的故乡。余下的八个人,包括领导者蒂姆·贝克,皆被关入位于金斯敦市的监狱里。这个剧本描写的,便是对这八个人的审判与囚禁过程。

一九三六年,西班牙内战爆发后,加拿大共产党开始组织志愿军,源源不断送往西班牙,支援那里的共和军作战。来年春天,爱德华也率领了一支"红军"队伍,前往西班牙。

"没错,他们就是叫红军!"对我的疑问,比尔给予了肯定的回答。接着,他给我看了几张摄于西班牙战场的照片。其中一张,可见爱德华负伤后躺在担架上,身旁还有其他伤兵,个个都是稚气未脱的年轻人。

从另一张照片上,我看到身穿长大衣的白求恩蹲在水沟旁,伸出双手,正在小心翼翼地往水里放置什么东西。

比尔解释说,白求恩在西班牙战场上发明了输血技术之后,因为没有冰箱,所以只能把采集到的鲜血储存到酒瓶里,然后泡在河沟的冷水中保鲜。

白求恩是何时与爱德华结识的呢?

三十年代初,白求恩在蒙特利尔的大医院里担任胸外科医生。那时的蒙特利尔,与巴黎和纽约相仿,堪称罪恶的天堂。吸毒酗酒、赌博卖淫,黑帮横行,警匪勾结。

白求恩并非天生的圣徒。他是那所大医院里薪酬最高的医生,收入丰厚。也许因为他参加过第一次世界大战,在欧洲战场上几乎丧生,令他惊怵人生的短暂,也许是结婚前后受到弗兰西丝所施加的影响,他曾沉浸于纸醉金迷的花花世界里,享受浮华奢靡、放荡不羁的生活。他出手阔绰,有求必应,置买最好的服装,高档的美酒,拥有无数的书籍,出入艺术家的圈子,高谈阔论，纵酒宴饮。

直到有一天，资本主义世界的大萧条令千百万人失业，堕入贫穷的深渊，白求恩接触到社会的底层，看到无钱医病的穷人只能等死的悲惨状况时，才了解到这个世界的阴暗面，从而转变为共产党人。

当爱德华率领加拿大红军纵队奔赴西班牙浴血奋战时，白求恩早在半年之前，就已自告奋勇，放弃了大医院中优厚的待遇，担任了第一批志愿者队伍中的医疗队长。

前前后后奔赴西班牙的一千七百名加拿大人中，九百人牺牲在战场上。这些刚刚二十岁出头的年轻人，为着某种纯洁的理念，无私地奉献出他们宝贵的生命。

内战以法西斯的胜利、共和军的惨败而告终后，白求恩十分沮丧。他返回加拿大后，本打算继续行医。此时，莉莲却告诉他，你应当去中国，因为那里的抗日战场更加需要你。

因为这个心仪的女人所提出的建议，白求恩一改初衷，转而奔赴神州大地，为中国人民的解放事业，流尽了最后一滴血。

"怪不得白求恩在他的遗嘱中,特意提到,要把那面八路军缴获的日本大旗,留给莉莲,作为纪念呢。"我对比尔说。

"是吗?"比尔面露惊喜之色。"我从来不知道这件事。但是,你所读过的那本五十年代出版的白求恩传记,是白求恩的战友们合写的。我母亲也是校对人之一。但她没有在书中留下自己的名字。那个年月里,白色恐怖盛行,人人自危。我父母长期生活在警察的监控下,曾数度遭到软禁。不得不小心谨慎。"

爱德华病逝之后,莉莲独自一人居住在多伦多城北那座红砖小屋里,又度过了深居简出、默默无闻的十年,于一九七七年离开了人世。

比尔说,安葬了母亲之后,他在整理遗物时,打开了母亲床头柜上的一只黑红两色、雕刻精美的漆盒。古老的漆盒,毫无疑问,来自爱德华出生成长的东方古国。里面存放着的唯一的物品,便是这封来自太行山的信函与照片。

明月不谙离恨苦,

斜光到晓穿朱户。

欲寄彩笺兼尺素，

山长水阔知何处？

我盯着茶几上这张曾被无数次地展开、叠上、又展开、又叠上、几近揉碎的信纸，悄悄地对自己说，在那寂寞无声的漫长岁月里，这个女人的内心世界，一定无比丰富、无比充实。

莉莲的父亲是个手艺高超的木匠。一百多年前，当英国贵族开始在多伦多修建规模宏大的卡萨·洛玛城堡时，莉莲的父亲从英国家乡应聘前来工作。六岁的小女孩随同父母一起移民，来到了加拿大。

也许，工人家庭出身的莉莲，比起白求恩那位出身英国伦敦的上流社会、养尊处优的妻子，更容易在思想上产生共鸣？

真正的贵族精神，恰恰体现在那些忧天下之忧、关心底层百姓命运的人们身上。

"我母亲高中毕业后，在不同机构里担任过秘书。她是一个温柔善良、宽厚正直的职业女性。她的家风如此，人人都互敬互爱。我从小就在友爱和睦的环境中长大。"

比尔仅仅知道，他的父母是在基督教会里相识的，却说不清楚，他们究竟在何时结的婚，因为没有任何相关史料保留下来。

也许，爱德华和莉莲根本就没有履行过那道世俗的程序吧，我悄悄揣测。骨子里清高的革命者，恐怕根本不屑于那些表演给世人看的繁文缛节。

"你母亲是什么时候认识白求恩的呢？"

"我估计，大约是在三十年代初期吧。"比尔边思索，边回答。"母亲去世那年，我已经三十五岁了，却从来没有想到过问问她，究竟是哪一边的肺叶被摘除掉了。唉，我实在是太粗心了！"

随着莉莲带往另一个世界的，也许，还有那一封封寄自太行山、如今下落不明的信件吧。多么遗憾，后世的人们，将永远无法寻找到那个被尘封的历史角落，揭开那也许是美丽、也许是忧伤的谜底了。

10

谈兴正浓,夜幕已低垂。我邀请比尔与我们一起共进晚餐,征询他喜欢什么口味。

老人说,他从小就受到家庭影响,所以喜爱中餐,还特别爱吃贵州风味的辛辣菜肴。

我和爱人商量,一定要好好款待他一顿最地道的中餐,便打听哪家中餐馆最有名。

比尔面露窘迫,连连摆手,"上大饭馆很贵,街头就有一家比较便宜的中式快餐店,随便吃点什么,填饱肚子就行了。我去过那家,一份米饭,配上炸鸡翅膀,炒青菜,满满一大盘子,连税才要七加元多一点儿。"

在我们一再坚持下,比尔才犹犹豫豫地说,"听朋友们提到过,文华餐馆的自助餐名声很响。不过,那里很贵。还是算了吧。"

我们二话不说,搀扶他起身,出门,登车。

在比尔的指引下,一路开到了小城中心的文华餐馆。这家香港华人经营的店子,果然生意兴隆。大堂里宾客如云,熙熙攘攘,都是前来品尝中华美味的洋人。每人收二十二加元。冷热荤素,水果甜点,林林总总,约近百种。

比尔拄着拐杖,挤在人堆里,站在热气腾腾的餐台前,左顾右盼,终于挑选了炸猪排、红烧牛腩、烤土豆这三样。我帮他把盘子端到了桌子上。

他捏起刀叉,不紧不慢,斯斯文文地吃完了一盘。

我督促他再取一盘,调侃说,"在我们面前,你不用顾忌英国绅士的风度。咱们一样,都属于劳工阶层。"

老人竟像做错了事情的孩子一样,羞涩地笑了。返回餐台又取了一盘,吃完之后,无论我怎样鼓动,他却再也不肯多拿了。

步出餐馆时,比尔回眸一顾,幽幽地说,这是他第一次踏足这家大名鼎鼎的餐馆,的确名不虚传。然而,饭菜虽然丰盛可口,他对餐厅墙上装饰的那几幅日本歌舞伎的水彩画,却实在不喜欢。

我脑中飘过一面沾满硝烟的日军大旗,在寒风中猎猎抖动。

留给莉莲。

11

几周之后，我给比尔发去了一封邮件，告诉他，北京准备派遣一个代表团来加拿大，参观考察之余，也想专门拜访一下白求恩战友的后人，亲睹他所收藏的珍贵文物。

很快就收到了比尔的回复。他说，腿部的伤痛减轻些了，他可以亲自开车，到滑铁卢来看望我，好好商谈一下。

比尔来的那天，我特意嘱咐办公室的秘书，等老人的车开进学校的停车场时，千万不要收费，一定要按动控制键，免费放行。

日近正午，比尔高大的身影出现在走廊里，仍然一瘸一拐的，拄着手杖，肩头挎了一只破旧不堪、说不清颜色的帆布包。

二十年前，在伦敦小城的跳蚤市场里，这个帆布挎包跃入了比尔的眼帘。那是两次世界大战中,加拿大士兵在战场上的军用物品。他从父亲爱德华留下的旧照里,见过他曾背着这样的帆布包,奔赴西班牙战场。

多少钱?

仅此一个,你随便给吧!

"我只花了十块钱。此后一直背在身上。"比尔坐在学校餐厅靠窗的椅子上,注视着花园里那棵枫树上几片残存的红叶,若有所思地说。"父亲一九五八年中风瘫痪,几年后就告别了母亲和我。"

他坚定地谢绝了我的好意,不让我为他购买午餐。

"我不愿意让你再次款待我。我不饿,真的,不需要吃饭。人们必须平等,才能相处,决不能靠人施舍。"说着,他从口袋里摸出来几枚硬币,放到桌上,说是买杯咖啡喝就足够了。

我不再推让,替他去食堂购买了一杯咖啡,放到他面前的桌子上。

"我的梦想,就是每月能有五百加元的收入,直到我离开这个世界。现在,我却连这个数目都快得不到了。政府发的养老金少得可怜,根本不够用。我那座房子里面，我自己住一间，另外两间卧室，都出租给房客了。这样，每月可以收点租金，贴补日子。但是，那座百年老屋实在是太破旧了，门窗、地板、水管，都需要修理更换，可我却拿不出这笔钱。实在没法子了，我不得不拿出来保存了四十多年的父母的遗物。"

想起那座老屋坍塌的石阶、破败的门窗、歪斜的家具、油漆剥落的地板、房客堆积在门口的破瓶烂罐，我的心头蒙上了一层灰蒙蒙的阴霾。

"穷困的根源，就因为我是共产党。"比尔的声音依旧低沉，蓝色的眸子里却涌起深海中的波澜。

"你很天真，彦！如果你想提倡白求恩所代表的精神，你这辈子就彻底完了！找不到工作，没有任何收入，人们都像躲瘟疫一样地躲避你，不和你交往。大家都害怕警察。他们严密监视着，看谁是共产党。过去几十年，我的父母和我本人，都受够了！在这种高压下，我们全家人只好三缄其口，低调做人，否则将难以维生。"

提到前妻时，比尔的口气是冷静、温存的。

她在政府部门里有一份不错的白领工作。两人生了一个女儿。可是，十五年前，妻子终于忍受不了他毫无希望的穷困境地，带着年仅九岁的女儿，离开了这个家。妻子走时，按照法律规定，拿走了一半财产。从此，他更加落入了一贫如洗的境地。

"她是个善良的女人。离开我，是正确的决定。"比尔眼中涌起复杂的波光。"其实，早在三十年前，我就退出政治舞台了，不再召集群众示威游行，也不再参与签名请愿等活动了，因为我实在难以承受找不到工作、无法糊口的痛苦啊！"

比尔年轻时，曾在专科学校里担任教师，讲授过电力学课程。失业后他四处碰壁，因为无人敢于雇用他。他也曾白手起家，尝试过创办公司，经营建筑业、制作太阳能设备等等。然而，也许是遗传自血液里的基因吧，他发现自己根本当不了靠剥削压榨他人血汗而发财的资本家。公司开办了没几年，就因赔钱而倒闭了。

"你的妻子，按我的标准，不能算是真正意义上的好女人。"我试图换个角度，安慰一下老人。

"呵呵，"他牵动唇角，苦笑了一下。"她嘛，毕竟是女人，我不怨她。真的。"

"经历了这么多。如今，你还是共产党员吗？"我知道，加拿大共产党，早在一九九〇年就宣布解散了。不知留下来的散兵游勇，失去了组织，是如何继续活动的。

"当然！"老人挺了挺胸脯，目光笃定，重拾自信。"我在伦敦成立了一个共产主义小组，一共八个人，全是男的。男人之间，更容易沟通。你懂得吧？"

八个。我点头。脑中浮现出三十年代遭到禁演的那个剧本《八个男人要说话》。

"我们现在不搞群众运动了，只是每月两次，在星期日的上午，聚到我家里，一起讨论读书心得体会。所以，与其说是党小组，我们更像是个读书会。"

"你们这八个人，都是什么背景？"我好奇地打探。

"有大学教师，也有电脑程序员，其中六人都是单身汉。他们都还年轻。就我一个老家伙！"比尔又笑了。

"你们读的都是哪类书呢？"

"当然是关于马克思主义的理论了，例如美国纽约的大学教授大卫·哈维的专著。"

在六十年代上大学期间，比尔就开始和一些人聚在一起，同读马列经典了。他们从国外进口的读物中，除了马克思、恩格斯、列宁、斯大林、毛泽东的著作，还有《北京周报》、《中国建设》、《中国画报》等期刊。

"我至今还保存着毛泽东逝世的那期《北京周报》呢，都在我的地下室里存放着。"

"你呀，的确是爱德华的儿子，这点没搞错。"我笑着调侃说。

老人露齿大笑。再次忘记了不列颠人的骄傲。

看到他终于轻松了，我转了话题。

"好，谈正事吧，请如实告诉我，您的期盼是多少？我将尽我的全力，帮助你达成心愿。假如我个人能够承担得起，我将十分乐意购买这张照片和这封信，再把它们转交给中国的适当机构，让这些历史文物寻找到最恰当的归宿。"

比尔听罢，却收敛了颊上的笑容。停了片刻，他叹了口气，摇摇头。

"彦，我看得出来，你，是买不起的。我在这个世界上，大概还能活十年。我需要六万加元。当然，这不仅仅是那张照片和那封信了，我家里还有很多东西，有我父亲和白求恩在西班牙战场上的照片，还有父亲出征时的几把仪仗剑、祖父母从中国带回并保存下来的清朝绣花长袍，等等，我希望一并出手，换来今后十年的生活保障。"

接着，比尔透露出更多的内情。原来，还有其他人在翘首企盼，等待分享这批遗物可能带来的丰硕成果呢。

有一位是来自广东的中年移民。他曾经是比尔的房客。

"人很不错，"比尔肯定地说，"但他有中国人的通病，热衷于赌博。原来，他在伦敦市里开过一家小吃店，专卖炸鱼和土豆条这种西式快餐。结果，赌博使他把老本都输光了，只好卖掉小吃店，靠开着大卡车运货维生。现在，他成年累月往来奔波于美加之间的高速公路上。老婆孩子返回广东居住后，他把房子也卖了，在伦敦连个窝也没有，只好把全部家当都存放在我的地下室里，替他保管。"

"他保证说,要帮我在中国找到一个买主,但先决条件是,成交后,他必须提成百分之十。我答应了。当然不能让人家白费精力啊!你说是不是?"

和老人告别前,我与他相约,等到代表团来加拿大考察时,我一定设法安排双方会面,探讨购买他手中文物的可行性。

比尔一再叮咛,希望我陪伴他一同会面。

"你了解两边的文化,知道哪些话该如何表达才最恰当,不失礼貌。"

12

两周后的一个清晨,在多伦多城北喜来登酒店富丽堂皇的大厅里,北京来的代表团一行四人,在我的引荐下,与比尔·史密斯正式会面。

头天晚上,比尔驱车三四个小时,赶赴多伦多,深夜时抵达,就在酒店大厦后面一条狭窄的小巷里,悄悄找了个免费停车的地方,蜷缩在车中,度过了一夜。

"很舒适。还省钱。"比尔指着铺在车中的毯子说。"我昨天特意去理了个发。你觉得怎么样?"他晃晃在风中飘拂的白发,笑着问我。

北国初秋,寒霜已降,车窗上凝结着昨夜的露珠。若是再冷些,飘起雪花来,老人该如何打发这个夜晚呢?

少将和大校们从电梯中款款而出,在大堂里与比尔热情地握手言欢。镁光灯闪闪,照亮了老人略显局促的面容。

大家就座后,比尔凑到吧台前,买了杯咖啡,捧在掌中慢慢吸吮,温暖着冰凉的手心。

面谈的细节,就不赘述了。代表团返回北京后不久,我收到了他们的来函。

李彦老师您好!

这次和比尔会见,心情很复杂,为他的境况所担忧,为我们无法更好地帮助他而遗憾,也为此次准备仓促、没有充分表示我们的心意而惋惜。我们将继续努力,为最终获得文物并发挥其作用、为给比尔一定的补偿和物质安慰尽其所能。

比尔的生活的确需要照顾，可是他不该用商品买卖来定位这件事，那样一来，他的终生信仰和为此的付出就大大贬值了。我们也并非买卖人。我们可以找人赞助，但不能接受这样的交易方式。

所以，这件事情只能暂告一小段落。今后我们将想办法，对此负责到底。也想听听您的意见。期待中。

当然，我能充分理解他们的考虑。但这样的消息，我踌躇再三，终是不忍告诉老人。

电脑前摆放着老人上次来时送给我的礼物：两枚纽扣大小的铝质红色徽章。一枚上印着"红色意味着正确"，一枚上印着"挑战权威"。那是老人在上世纪七十年代搞工人运动时遗留下来的纪念品。

灵机一动，我给比尔发了封邮件：请你耐心等待，给我一些时日，让我把这个故事写出来，在中国发表后，看看在我们先富起来的那批国民中，是否有人肯出资购买这批意义非凡的珍贵历史文物，帮你排忧解难。

第二天，我给蒙特利尔的朋友米雪·提塞尔打去了电话，想探讨一下，蒙特利尔那批左翼协会里的朋友们，是否有什么好的建议。

我早就了解，那个组织的几个核心人物，和我一样，都是清贫的知识分子，所以并没有指望他们能够在经济上援助比尔。可是，他们是否能够筹措经费，安排老人加入"沿着白求恩足迹之旅"的加拿大团队，到中国活动一趟，增加募捐的机会呢？

没想到，米雪颇为懊恼地抱怨说，自从去年他们向社会上发出了"沿着白求恩足迹之旅"的倡议书之后，今年以来，忽然像雨后蘑菇一样，从加拿大各地冒出了好几个以"白求恩"命名的协会团体，基本上都是加拿大华人新移民刚刚注册成立的，且他们的活动内容，竟然与我们的创意如出一辙！眼下，人家这些山头已经各自为战，捷足先登，奔赴中国搞活动去了。

先是惊讶，但细细一想，此种现象也并非新鲜事。自由社会里，注册个团体和机构，易如反掌。反正这里又没有档案。有人触犯法律，官司缠身，刑满释放后，找不到饭碗，但花上几十元钱，转脸便可注册一个冠为

"国际"、"世界"、"环球"的协会或者"学院",然后就可顶着会长、主席、总编、总裁、终身教授的头衔回国,招摇过市,还能被侨务部门奉为上宾,聘为"顾问",领取薪俸。海外华人团体内,此种社团组织,多如牛毛,仅温哥华一地,就有数千。

八仙过海,各显神通。华人移民的精明,我们早已屡见不鲜。只是不晓得蒙特利尔这家团体的负责人艾奇思·费尔怎么想,他是如何应对目前这种复杂局面的呢?

米雪说,艾奇思对此倒是颇为达观。他说,我们所要弘扬的白求恩的国际主义精神,不正是为了唤起更多的人联合起来,为了共同的理想目标,携手奋斗吗?

这种看问题的角度,我并不奇怪。这家左翼基金会原来的办公地点,长期坐落在麦吉尔大学历史悠久、宽敞明亮的图书馆内,既方便,又体面。可是,两年前,他们决定搬出象牙塔,另外选择新的会址。

新址位于蒙特利尔市老工业区一座陈旧、简陋的大楼内,在第七层,原来为工厂的库房。有趣的是,这个地方的租金,竟然比原来的大学图书馆里的旧址,还略微贵出来一些。

当我表示不解时,米雪说,艾奇思认为,新的地点位于老工业区,更接近普通老百姓,因此也更符合白求恩精神的理念。

放下电话后,我把米雪的沮丧告诉了爱人,自己也陷入了无法言说的彷徨。

"对你花费那么多精力搞的这类活动,我本来就不大赞成。"爱人安慰我说。"可我太了解你了。如今我对你的态度,只能像马克思对待巴黎公社的态度一样,虽然并不赞成,但既然已经搞起来了,也就只能支持下去。只要你高兴就好。"

我忍不住笑了。一个学地球物理专业的人,能说出这等话来,夫复何求?

"别难受,我给你开车,咱们自己沿着白求恩的足迹先走一趟吧!"爱人提议。

周末,我们俩驱车数百公里,再次来到安大略省北部的林区小镇格雷文赫斯特,朝拜英雄的故乡。

这里的一切都那么简朴整洁,寂静安宁。高大的枫树落光了树叶。阶前的红花也已凋谢。岁月悠悠,白求恩故居的外墙曾被油漆过不同的颜色，米黄色，淡粉色，新近又漆成了果绿色，恰像英雄在历史长河中被不同的人们所赋予的各异解说。唯有门前不变的老枫树，沐浴着深秋温暖的阳光，年复一年，默默地迎接着远方来客。

我的目光凝视着襁褓中的白求恩睡过的小摇篮，盯着他在父母怀抱中乘坐过的敞篷黑马车，掠过他曾经戏水的墨丝克佳湖，追溯他捕捉过蝴蝶的小山坡，思绪万千。

管理员女士告诉我，自从故居博物馆在七十年代建成以来，百分之九十五的参观者都来自中国——那个他奉献出生命的地方。

还有百分之五呢？

他们来自西班牙，那里也曾经是他浴血奋斗的战场。

据说，小镇居民对待我行我素、桀骜不驯的白求恩，远不及对他的父母那样尊敬怀念。那是一对德高望重的夫妇。白求恩的父亲出身于医学世家，他却宁可放弃都市的繁华热闹与高薪待遇，选择到这偏远荒凉的林区小镇担任基督教牧师，为身处底层的伐木工人提供精神关怀。

深秋的蓝天清洌空旷。几只白色的水鸟环绕着小镇教堂的钟楼，悠闲地飞翔。凝视着落日余晖映照下的铜雕塑像，我为一个最值得爱戴的男性，默默地点燃了一注心香。

（本文曾刊二〇一五年《人民文学》第五期，二〇一八年六月二十日修改）

参考资料：

1. Ted Allen & Sydney Gordon, the Scalpel, the Sword, the Story of Doctor Norman Bethune, Revised Edition, McClellan and Stewart, 1971（泰德·艾伦及西德尼·戈顿,《手术刀就是利剑：诺尔曼·白求恩医生的故事》, 修订版, 麦克利兰·斯图尔特出版社, 1971 年）

2. James Reaney, Local Bethune Items China-bound? The London Free Press, May 3, 2012（詹姆斯·瑞内,"本地的白求恩遗物将送往中国吗？"《伦敦自由报》, 2012 年 5 月 3 日）

3.《白研会通讯》第 9 期, 2013 年 6 月 9 日

4. Wikipedia, the free encyclopedia: http://en.wikipedia.org/wiki/Eight Men Speak（维基网：八个男人要说话）

【下编　何处不青山】

献给赴华八十周年的白求恩医疗队

1

大巴下了京石高速,一路朝西,驰往太行山腹地。远方蔚蓝的天幕上,突然闪现出一片形状奇特的山峰,似刀锋锯齿,凛冽险峻,直刺云天。

"那可是狼牙山?"我问带队的老兵栗政委。见他首肯,我便匆匆走到车头,让导游小姐把五壮士跳崖的故事讲给车上的外宾们听听。

小姐杏目圆睁。"狼牙山?没听说过呀!"

我也惊讶。"看你刚才口若悬河、如数家珍地介绍了一大堆河北名胜,怎么竟连这个都不知道!"

见她红了面颊,目光躲闪,我不再啰唆了。拿过她手中麦克风,指着窗外,用英文讲了那段历史。

话音刚落,坐在车尾的比尔·史密斯就大声喊道:"谢谢你,彦!这才是我们想听的东西!"

两天前,二〇一五年九月九日,恰逢毛泽东主席逝世三十九周年纪念日,北京饭店富丽堂皇的金色大厅里举办了一场盛大活动,"纪念抗日战争胜利七十周年暨纪念白求恩精神国际研讨会"。在全场来宾的瞩目下,比尔·史密斯举着玻璃框,一步一步,登上主席台,捐赠了中国革命历史的珍贵文物:全世界独一无二的毛泽东与白求恩的合影照片。

此前,数不清的国画、油画都描绘过两个伟人在延安窑洞里的会面,但即便中国共产党党史资料里,也没有留下过一帧摄影照片,如实反映当初的情景。人们甚至搞不清楚,两个伟人那天晚上都谈了些什么?他们究竟见过几次面?而今,这张黑白照片的浮现,加上照片背面白求恩亲笔留下的字迹,已经证实,两人并非"只见过一次面",如毛泽东在《纪念白求恩》中所言的那样。

照片是比尔·史密斯和母亲莉莲两代人在家中悄悄保存了七十六年之久的藏品。同时捐赠的,还有白求恩写给莉莲的最后一封信、莉莲青年时代的旧照、保存这些文件的中国古董漆盒,以及比尔的父亲爱德华使用过的两把英王乔治时代的军队出征仪仗剑。

为了把这两柄一米多长的利剑带入中国,比尔可是费了九牛二虎之力。先用泡沫塑料和胶带厚厚地缠裹成一大捆，后又说服了加拿大航空公司，才获得允许，让他随身携带，登上了飞机。可是进入中国海关时，却被安检官员拦下了。一番兴师动众，费尽口舌，才终于放行。

说来话长，捐赠活动能走到这一步，还要追溯到一年之前。

2

那是枫叶正红的二〇一四年秋天，在滑铁卢大学校园里举办的"中加文学论坛国际研讨会"结束后，我便陪同中国作协代表团的专家前往蒙特利尔，继续完成交流活动。

老掉牙的灰皮火车在加东广阔的原野上逶迤前行。咣当咣当，六个小时的禁烟之旅，对习惯了依赖尼古丁激发灵感的学者们来说，是漫长难挨的。窗外的色彩绚丽斑斓，但很快也就看腻了。大家昏昏欲睡时，我聊起了一年多来如何费尽心机寻找到毛泽东与白求恩的合影照片，又如何在严酷的现实面前一筹莫展的窘况。

没想到，我的话音刚落，某刊物主编就说："李老师，这个故事很不错！你写下来，给我看看。"

我有些犹豫："这个故事完全是真实的，我只能用大实话来记述啊！"

一直眯着眼打瞌睡的另一位主编突然睁开了眼，"你就用朴实无华的语言写，那样最好！"

一位作家也表态说："这个故事很有趣。你写好了，也发给我看看。"

啊，几位著名文学家兼刊物主编的兴趣，无疑是对我极大的鼓励。两天后，送走了来宾，在独自返回滑铁卢大学的火车上，我开始了构思。

3

连续几天密集的活动，随着踏足太行山东麓，进入了高潮。老外们兴奋地睁大了双眼，举着相机，捕捉窗外美景。

起伏不平的田野里，除了待收割的庄稼，偶尔可见零星的牛羊，在微风中啃嚼着半青半黄的野草。有人说，这里的地貌与英国威尔士山区颇为神似呢。

队伍中的老外们多数为首次来华，人人心头都积聚了太多的幻想。华夏大地，终于揭开了神秘的面纱，展露了真颜。我知道，他们会有惊喜，也会有失望。正像几天来所经历的那样。

抵达首都当晚，大家住进了天安门东边的北京饭店。那栋浅黄色的"新楼"，建造于二十世纪七十年代初，一晃也近半个世纪了。虽然如今的"新楼"已被淹没在周遭眼花缭乱的楼海中，但宽阔华丽的大堂，依稀可见当年的气派。

推开旋转的玻璃大门，我脑中浮现出周恩来总理潇洒的身影，似乎看到他开怀大笑，弯着前臂，远远地站在红地毯上，迎接四方来宾。恍如隔世。

在房间里安放好行李后，我准备去楼下餐厅吃晚饭。经过走廊时，暗影憧憧中，发现一个房间的门敞开着，投射出一片光亮。比尔站在门口，似乎在与人争执什么。见到我,他连忙让我帮他,去与屋里的两位中国男子沟通。

原来,两位男子手中提着一件崭新的蓝格子衬衫,来拜访比尔,表示了对他贫困生活的关心后,便希望他把那张珍贵的历史照片交给他们俩。

比尔拒绝了,说,我只听彦的。

我告诉两位男子,一切早都安排好了,明天就要举行捐赠仪式了。

来客离去后,我叫比尔下楼吃饭。他却摆摆手,长叹一声,陷入沙发里,目光中满是忧虑。

"他们说,别相信彦,她不会给你弄来一分钱的!"

我苦笑了一下。安慰的语言,都是多余的,化解不开一年来罩在老人心头的阴霾。

4

自从照片的消息传开,此事便在大洋两岸引发了明争暗斗,横生波折。

那年冬季我回国开会,在十几个小时的长途飞行中,完成了非虚构文学《尺素天涯:白求恩最后的情书》。某刊物主编欣然接受了我的投稿,并热心地建议,希望能找到合适的国内机构出面,收藏比尔手中这些珍贵的中国革命历史文物。

"老人家太可怜了,咱们应该想法帮他一把。"他念叨着。

在京停留的短短数日,蒙各方朋友协助,引见了京城某基金会的一位大姐。大姐听我谈了此事原委,当下便豪爽地宣布,愿意承揽捐赠项目,并让我转告比尔,等老人家捐赠了珍贵文物之后,基金会将把它们存放到中国人民革命军事博物馆,并会以资奖励,表彰他的贡献。满座人听了,皆大欢喜,频频向大姐敬酒。

然而,返回加拿大之后,不同的反馈却接踵而至,使我醒悟到,仅凭书生意气,是难以抵挡利益考量下射出的明枪暗箭的。

首先遇到的质疑,来自我的老上级,曾任滑铁卢大学国际事务副校长的白兰鸽博士。

在学校咖啡厅落座后,她看了我手中的复印件,不到两秒钟,便毫不迟疑地断言:"这个是白求恩,那个是青年时代的毛,对吧?"见我惊愕,她面露得色,唇角绽出优雅的浅笑。

不能不佩服这位加拿大历史学者渊博的学识、犀利的目光。多少同胞,谙熟歌星影星的一颦一笑,却都认不出照片上的这两个人物呢!

可是,听了我的打算之后,白兰鸽却收起了颊上的笑容,严肃地看着我说:"彦,这可是属于加拿大的历史文物啊,你为什么要捐给中国呢?为什么不首先联系一下渥太华的国家档案馆,把东西保存在加拿大呢?"

我愣住了。是啊,我怎么就没有她这种觉悟呢?仅凭对这件小事的天然反应,已经再清楚不过地昭示出:我与白兰鸽,无论相知相识了多少年,在灵魂深处,却存在着永远无法消除的隔膜。

略微沉吟了一下,我提醒她道:"您大概忘记了,这可是比尔的私人藏品啊。如果他真想捐给加拿大档案馆或任何部门,恐怕早就捐了,何必要等四十年之久,在漫长的岁月中苦撑苦熬,直到白了少年头呢?"

白兰鸽听后,讪讪地点头,目光中的凛冽转为柔和。

当然,我憋住了几句话,未对她讲。比尔曾告诉过我,他要把这批文物送到全世界最适宜保存它们的地方,否则死不瞑目。

不难理解他的心结。比尔和他父母一样,毕生致力于加拿大的工人运动,受尽了白色恐怖年间的政治迫害,屡遭雇主开除,中年妻离子散,晚年贫病交迫,陷于孤苦无依的境地。他胸内积聚的愤懑,恰似火山口翻腾的岩浆,早就恨不得喷射出来,一把火烧掉这个不公不平的世界呢,岂会把如此珍贵的文物捐赠给渥太华?尽管他脚下踩着的,恰是他生于斯长于斯的祖国。

白兰鸽冰雪聪明,不用点破,也能窥视到我内心汹涌的波涛。她轻叹了一声。"不错,这件东西,在中国人眼里才更有价值啊!"

紧接着,便是另一伙加拿大人兴起的麻烦。整个春夏,蒙特利尔的一个左翼社团都在千方百计地游说比尔,让他把照片的版权专利交付给该机构。据比尔说,对方承诺,作为交换,今后他们每印刷一张有伟人合影的明信片,就会给他一分钱,而每制作一件T恤衫,则会给他一毛钱，集腋成裘，前景不是也很可观嘛！

对这种画饼充饥式的美好蓝图，老人大概心有惶惶，不敢下赌注吧，便敷衍道，李彦正在帮我联系中国的收藏者呢。

遭到冷落后，那几个标榜为"国际主义者"的人士就把怨恨转嫁到我身上了。读了他们写给老人的那一封封邮件，我咬紧牙关，才克制住自己，没去理睬那些无聊的猜忌。

人心难测。

想当初，我从北京的"白求恩精神研究会"得知消息，有这样一张照片，保存在一位叫比尔·史密斯的加拿大老人手中。为了帮助研究会的朋友们尽快找到老人的下落，我一天都没敢耽搁，立即把消息通知了蒙特利尔的这几个加拿大左翼人士，让他们帮助寻找。他们如获至宝，喜出望外，很快就联系上了老人。但接下来的发展却变得令人费解了。不知是出于何种考虑，他们始终躲躲闪闪，不肯向我透露与老人的联络方式，尽管我数次催问。

耐心地等待了半年之久，想到国内的朋友们还在翘首企盼此事进展，实在不能再耽搁了，我才亲自动手，漫天撒网，终于找到了大隐于市、居住在我身边仅仅一百公里的老人，并立即驱车前往，进行了追踪采访，挖掘出一段被隐瞒了大半个世纪之久、与中国革命历史息息相关的故事。

遭人误解若此，却也无奈。路遥知马力，日久见人心。是非曲直，留待世人评说吧。

就在我组织好了有加拿大各方代表参加的赴华队伍，并专门为一贫如洗、疾病缠身的比尔购买了往返国际机票，即将启程的前几天，却流言再起，风云突变。

国内传来的小道消息，搅浑了盈盈一池秋水。据说，活动的主要承办单位受到别有用心者的蛊惑，听信了逸言，误认为那张照片根本不值钱，因此期望比尔能够分文不取、无偿捐赠。甚至还有不明真相者抱怨说，李彦为什么不帮助中国人，反而帮外国人朝咱们要钱呀！

这一切都是真的吗？我实在不敢相信。污蔑诋毁我个人，还算事小。难道人们看不到此事的扭转将会带来的巨大危险吗？假如消息传至国外，那些整天寻找负面新闻的媒体必将借机炒作，指责中国人背信弃义，欺骗加拿大老人,那将会给中国带来何等糟糕的国际影响?可叹今日国人中,还有多少未被铜臭熏了心、障了眼?还有多少在乎做人的诚信、民族的尊严?

我横下心来,继续整理行装,按照原计划,带队出发。日月当空,天理昭昭。我就不信,偌大的祖国,岂会无人主持公道?

在多伦多机场大厅里,迎面看到了比尔。他拄着拐杖,拖着一只塞得鼓囊囊的大行李箱、肩头背着捆好的仪仗剑。捕捉到他眼角眉梢游荡着的云翳,我顿时便明白了:人家里应外合地运作,早把谣言灌入老人耳中了,处心积虑要把捐赠活动搅散啊!

我注视着他的眼睛,轻声说:相信吧,比尔,我不会辜负你的信任。你四十年来卧薪尝胆的苦衷,定会得到中国人民的回报。

5

捐赠活动那天下午,我领着众人,穿越北京饭店几幢毗连的长廊，步入熙熙攘攘的金色大厅，被安排在观众席的前排就座。

还没坐稳呢，组委会的朋友就匆忙找到我说：各部门代表的发言者太多了，时间紧，只能安排加拿大代表团一个人发言。

我未加犹豫，立刻就把这个露脸的机会让给了艾奇思·费尔。他就是蒙特利尔那个左翼社团的领袖。我十分清楚，对这个固执教条得无可理喻、然而却堪称货真价实的理想主义者来说，那短短的五分钟，将成为他生命中意义非凡的辉煌时刻。不管他是受人挑拨，还是自作聪明地误解了我，我仍将做到不计前嫌、仁至义尽。

头年深秋，中国代表团到访蒙特利尔时，尽管围绕着那张照片，已经谣言四起，暗潮涌动，但我们一行依然如约出现在衰败的老工业区，在那座破旧的楼房里举行了座谈。艾奇思·费尔正襟危坐，全神贯注地聆听了中国青年评论家李云雷有关白求恩国际主义精神的主题发言，并迎着寒风中飘落的初雪，带领大家参观了白求恩工作过的皇家山医院和圣心医院。人们的友善，哪怕是滴水之恩，我都会铭刻于心。

果然,这位身高一米九、气宇轩昂的男子汉望着台下前排就座的李敏时,泪光闪闪,声音哽咽。"不仅是你——主席的女儿,我们全世界无产者都和你一样,至今深切怀念着毛泽东啊!"

李敏坐在第一排的正中间,近在咫尺。我对着她花白的头发、微微弯曲的后背,眼前浮现的,却是那个系着红领巾、偎依在父亲怀抱里的恬静娇羞的女孩。那个逝去了很久的遥远的年代,犹如梦境。

很多人拥上前来,抢着与李敏合影。看到她吃力地挪动着年迈的身躯,强打起精神满足众人,我打消了念头,没去烦扰她。

忽然,有人轻轻地拍动我的肩膀。回头一看,是位眉清目秀的中年妇女。听她自我介绍,原来她父亲是八路军高级干部,曾与白求恩朝夕相处,并肩战斗。

"你写的《尺素天涯》,我看过了,总的来说很不错,非常感动人。谢谢你!但是有一个地方,希望你能够更正。"她和颜悦色地说,"书里写到,白求恩病重时,党中央求助于上海的黑社会弄到了青霉素,辗转送到太行山时,白求恩已经奄奄一息了。这样描写是不合适的。首先,那时候,青霉素还没有发明呢,另外,我们八路军,怎么可能向黑社会求助呢?"

惊愕之余,我简单向她解释了资料来源,并答应回到加拿大后进一步调查核实。

她离开后,我已无心聆听轮番登上舞台的那些慷慨激昂的发言了。史料引用的准确性是一回事,但观察某件事的角度,由于身处不同环境的影响,人们的目光竟有如此之大的差别。试想,在日寇盘踞下的上海,药品受到严格控制,极难获得,如果连青红帮都不得不去求助了,岂非恰恰说明了中国共产党对白求恩不遗余力的抢救吗?

压轴戏颇为精彩。舞台上涌现出一群身穿灰色军装、手执大刀红缨枪的中年人。我一面聆听他们气势磅礴的大合唱,一面悄悄观察左右两侧。只见随我来的老外们一个个都兴奋得手忙脚乱,抢着拍照,我忍不住在心里暗笑:这下开了眼了。以为中国人都是唐人街上的受气包模样呢,何曾见识过这种风貌?

活动结束时,天已黑透。大姐热情地邀众人去楼上餐厅晚宴。到了那里,才发现比尔不见了。于是,我又匆匆返回了金色大厅,一眼就瞥见主席台下聚着好大一堆人,七嘴八舌,热闹非常。果然,比尔被团团围住,面红耳赤,满头大汗。大概他正被当作英雄模范,接受仰慕者崇拜呢。我挤上前去,把他拽出了人群。

"那些人不懂英语,不知道他们在说什么。后来,他们找了个翻译告诉我,他们都是八路军的后代,与我是亲兄弟,一家人。有人说要请我吃饭,带我去玩。那个翻译还说,让我把刚才捐赠的照片拿回来,交给他,说他能给我一万元。我说,已经捐出去了,怎能再拿回来呢?唉,我心里堵得难受,吃不下饭,我要回房间休息去。"

不难想象,那个夜晚,比尔躺在北京饭店的大床上曾怎样地辗转反侧,瞪着天花板,熬到窗外发亮。

6

时差之故,我半夜就醒来了,倚在床头翻书。好不容易熬到早餐时间了,匆匆迈入楼下餐厅,迎面就看见了约翰·摩尔。他正在和人说着什么,似乎情绪很激动。

摩尔是在大学里工作的医疗研究员,也是白求恩的崇拜者。这次他自费购买了机票,随我来华,要把他的研究所的最新产品——一台价值三万美元的心脏瓣膜手术探测仪,捐赠给北京协和医院。

我端了清粥小菜,刚在他身边坐下,摩尔就立刻诉说起头天晚上的遭遇来。

"昨天晚饭后,我去旁边的王府井大街散步,顺便走到了协和医院。只见大门外的道路两旁躺满了垂死的病人。医院不能接受他们,就只好躺在地上痛苦地呻吟!不知道这是为什么。天哪,我从没见过如此悲惨的景象!没有钱,就得不到医治吗?这还是社会主义国家吗?我问你,白求恩要是活到了今天,他是否会懊悔?这难道是他为之奋斗、献出生命所期望看到的社会吗?"

摩尔是个严肃认真的科研人员,对一切都爱问个为什么。前天下午,有人找到我,说要安排我们一行与本地名流见面。大伙儿被拉到一所大厦内,晕头晕脑地与人轮流合影。有男扮女装的京剧青衣,有风流倜傥的银屏小生，有挥洒自如的书法家，也有出手阔绰的企业家。热闹过后，摩尔问我：做这一切，目的为何？

为何？我的经验已无法回答了。八十年代中期离开祖国，数十载春秋，恍惚即逝。如今看人看事，皆如水中观月、雾里看花，早已陌生。

同桌就餐的丹尼斯·鲍克是多伦多的著名作家。他的数部小说都在加拿大获奖，有的被译成中文后，也在中国获了翻译奖。但我最喜欢的，却是他没获过任何中外奖项的虚构小说《共产党人的女儿》。书中以白求恩的口吻，给他从未谋面的虚构的女儿写了一封长信，袒露自己参加革命前后复杂的心路历程，文辞优美，思想深邃。

前天上午，我带领队伍中的几位作家参观"鲁迅文学院"和"中国现代文学馆"。看到四壁装饰的一幅幅精美图画、宽敞的课堂、舒适的寝室，大家都羡慕中国作家得天独厚的环境。鲍克更是赞不绝口。看到他挥动乒乓球拍，兴致勃勃地和鲁院的工作人员对打时，我心中颇为自豪。

此刻，听了摩尔的抱怨，鲍克也附和说，他在大街边上看到缺胳膊少腿的残疾人乞讨，路人却视而不见。

"政府福利部门为何不妥善安排残疾人，却把他们推向社会呢？"他问我。

出于自尊，我早已习惯了在外人面前把我的祖国描绘成诗情画意、花团锦簇的文明古国，但现实却往往令我尴尬。在这秋阳和煦的清晨，坐在光洁明亮的餐厅里，摩尔的质问恰如高悬在壁上的吊钟，一下下敲击在我的心头，震得生疼。

本想提醒他们，多伦多街头不是也有乞丐嘛！但想到那里的乞丐多为酒鬼懒汉，而非丧失了劳动力的残疾人，无可类比，便只好据我所知，尽量解释了。

"中国目前的医疗保障已经涵盖了绝大部分国民，即便是收入最低的下岗职工和农村人口，也都纳入了医疗保险系统。看病、吃药、住院，大部分费用都能获得报销。但中国人口庞大，是加拿大的几十倍，很难面面俱到，照顾周全啊。"

此时，勃兰特教授也来到了餐厅。听到摩尔和鲍克的牢骚，他温和地笑着，慢悠悠问道，"你们俩去过印度吗？没有？假如你们去过，就会觉得中国这些弊端都实在算不了什么了！印度和中国一样，也是人口过剩的大国。但那里的情况，与中国简直是天壤之别，连最起码的卫生设施都缺乏！我觉得，中国政府能做到今天这一步，实在很了不起。"

队伍中，勃兰特是唯一一位曾经来过中国的人。这位哈佛毕业的宗教学专家满腹经纶，是《大英百科全书》世界宗教条目的编审，对儒释道了如指掌，但此前实乃纸上谈兵，因他从未有机会一睹庐山真容。

几年前，为了制作一部教学纪录片，我陪同他采访了雍和宫的喇嘛庙、牛街的清真寺、终南山下的楼观台、雁北的云冈石窟。

犹记得那个冬天的星期日下午，我们一起步入宣武门南堂时，适逢几百名天主教徒身披白袍接受洗礼的盛况。他激动得放下摄像机，挤在中国教徒之间，与他们同磕共拜，流连于管风琴悠扬的乐曲声中，久久不舍离去。

返回加拿大之后，勃兰特在很多场合感叹，"人们总爱批评中国没有宗教自由。他们为什么喜欢道听途说，而不亲自去看一看呢？"

这个早晨,勃兰特再次救了我的驾。

7

山峰越来越陡,道路渐趋狭窄。大巴减缓了速度,绕着沟底一条不知名的清澈河流,小心翼翼地弯来拐去。

比尔独自坐在后排的窗口,望着远处的山峰发呆。他怀中紧紧抱着一只军用帆布挎包。我在《尺素天涯》中描述过那只挎包的来历。虽然早已磨损、褪色,但它所象征的继承自父辈的东西,像沉重的铅块,终生坠在老人心头,摘除不掉。

无论是从正面端详,还是从侧面打量,比尔都与他的父亲爱德华似乎是一个模子里刻出来的,同样宽阔结实的下颌,同样沉重阴郁、愤世嫉俗的眼神,丝毫寻找不出他母亲莉莲脸上那些温婉柔和的线条。

纪念大会召开的第二天上午,我陪同比尔,来到位于东三环的基金会,完成了捐赠手续。大姐是明智的。

在她的努力下，一个慷慨的商人赞助了一笔善款，作为对比尔的勉励。虽然这笔奖励款的数目并非老人初始的期盼，但经过这一年多来云里雾里的翻腾，我已谢天谢地，对大姐感恩戴德了。

签字仪式完成了。基金会的年轻人举起那两把仪仗剑，嘻嘻哈哈舞动着，摆出娇俏的姿势拍照。

我站在窗口，望着薄雾中鳞次栉比的高楼大厦、脚下川流不息的香车宝马，如释重负。莉莲和比尔母子两代人顽强的坚守，终于有了交代。

两天来，攀登了居庸关的烽火台，踏过了圆明园的废墟，又在卢沟桥畔留过影，大家才启程来太行山。

"瞧，那就是莲花峰。"

听到栗政委声音，我侧头望去，只见路旁闪出一座色泽奇特的山峦，岩壁淡黄，近乎乳白，状似一朵盛开的莲花，在山谷中若隐若现的薄雾里漂浮，四周环绕着连绵不绝的青梗峰。

虽然有些好奇，栗政委为何要提醒大家注意这座山峰呢？只是因为它色泽奇特吗？却未来得及多想。大巴拐了个弯后,已经驰入了此行的第一个落脚点——叫做军城的小村庄。

一九三九年十一月十二日凌晨五点,在距此不远的黄石口村,白求恩永远地合上了双眼。

为了不扰乱军心,影响仍在进行的激战,战友们秘不外宣,用担架抬着他的遗体,盖上棉被,还挂上一只水壶,只说白求恩大夫病了,翻山越岭,辗转了五天五夜,寻找到一个偏僻的地方——狼山沟,暂时掩藏了他的遗体,并用树枝和泥土做了伪装。直到来年一月,部队才在军城的山脚下选择了这块墓地,举行了隆重的追悼会,正式下葬。据说,其时万人悲恸,哀声震动山谷,在冬日清冽的天空下久久地回荡。

当年开春后,百姓们冒险去几十里外偷偷运来大理石,镌刻了白求恩雕像以及象征着国际主义精神的地球仪,装饰在墓前。

然而,没过几个月,就听说日军要来扫荡。村民们立即把白求恩的遗体和雕像悄悄运走,隐藏到大山深处。日本人炸毁墓地并撤退后,百姓们又重修了墓地,安放了雕像与棺椁。

一九四九年后，白求恩的遗体再次被迁葬，移入在省会石家庄修建的烈士陵园内。从此，军城仅余下了他的衣冠冢。

"抗日烈士陵园"坐落在村庄的东山脚下，松柏的浓荫遮蔽了初秋的阳光，空气清新凉爽。大家拾级而上，步入一座硕大的棕色木亭，只见亭下矗立着一排又一排齐胸的石碑，上面密密麻麻镌刻着"王二小""张老三"等成千上万有名或无名的英雄。

继续前行，面前猛然闪现出白求恩高大的汉白玉雕像时，几乎所有人都浑身一颤，顿时鸦雀无声。愣了片刻后，大家自发地站成了两排，对着雕像深深地鞠躬。

接着，每个人轮流上前，在他脚下摆放好一朵朵泛着清香的淡黄色雏菊，便开始围绕着塑像后面的衣冠冢，一圈又一圈，默默转行，缅怀致敬。

"你们看，那个像什么？"守卫陵园的一位年迈的老汉抬起手臂，让我们朝他指的方向眺望。

透过松柏的枝叶，只见陵园正对面的一座山峦，背衬着湛蓝的天空，呈现出白求恩溘然长逝的剪影。

天啊，那额头、鼻梁、嘴唇、下巴、胡须，活脱脱就是我们自幼便熟悉的英雄遗容！这鬼斧神工，实在是匪夷所思。难道说，上帝在创造地球之初，就早已策划好了，亿万年之后，有个人将注定要跨洋过海，并长眠于斯，警醒世人？

凝视着那奇异的山峰剪影，我陷入了遐思。

白求恩离开人世的十一月十二日凌晨，恰恰是西半球的十一月十一日。而那一天，早在一次大战结束后就被英联邦国家确定为"国殇日"了。从此，年复一年，当秋风扫过阡陌田野、山川河流，成千上万的加拿大人民就会在这一天同时佩戴上血染的罂粟花，举国哀悼。而每当我与众人低头默哀的那个时刻，脑中浮现的，却永远是躺在太行山小屋土炕上那形销骨立、奄奄一息的英雄。

哦，有这么多人都记着你离去的那一刻呢，你的在天之灵，可以安息了。

勃兰特看到我失魂落魄的神态，拍拍我的肩膀，温和地安慰我。刚才，他详细了解到中国人处理白求恩遗体几经反复、力求完善的繁琐过程后，深为触动。他提出了自己的见解，认为这表现了中国文化把历史英雄人物转化为圣人的通常做法，例如关帝庙、武侯祠、岳王庙，屡见不鲜。这难道不是一种独特的文化信仰传承方式吗？

似乎为了印证他的观察，栗政委告诉大家，对面那座山，不知何时，已被当地百姓命名为"白公山"了。栗政委不愧是"白求恩精神研究会"的秘书长，对这一带的景物了如指掌。

我正在琢磨"白公山"这个蕴含着浓郁中华文化特色的名字呢，栗政委却悄悄对我说："你在《尺素天涯》里描写的那个凯瑟琳，就埋在旁边莲花峰的山坡上呢。"他举起手，朝斜对面指了一下。"她生前留下了遗嘱，让人们把她的骨灰从新西兰送到这里来埋葬。"

8

《尺素天涯》发表后，不少女读者、尤其是女大学生，对文中涉及的两位女性与白求恩之间的关系，表现出了浓厚的兴趣。有人甚至追问，两个女人都那么优秀，白求恩爱的，究竟是哪一位呢？

男女之间的感情，向来复杂微妙。旁观者只能根据掌握的资料，进行各种推论与揣测。林徽因、萧红死去几十年了，人们至今还在围绕着两位才女的感情纠葛编织着丰富多彩的花絮。可她们内心的真实感受，又有谁人知晓？

在太行山与白求恩相遇的新西兰女郎凯瑟琳·霍尔，有个文雅大方的中文名字——何明清。二十世纪二十年代，像许多受过教育、怀揣梦想的西方女青年一样，这个新西兰市政小官吏的女儿，也渴望摆脱嫁人生子、柴米油盐的庸碌人生，选择更有意义的生活旅途。于是，她远渡重洋，从家乡堪培拉来到了北京，先在协和医学院接受培训，获得了助产士资格，然后被派往河北，在今天的雄安新区一带，为百姓服务。

凯瑟琳完全可以选择在富庶的平原城镇里工作。那里不仅有开设多年、已经成熟的西式医院，也有安全舒适的生活环境。但古往今来，人性的高低贵贱之分，不恰恰体现在谁关心的是一己私利、谁关心的是芸芸众生吗？

几次踏足太行山出诊的经历，让凯瑟琳看到了山区百姓缺医少药的悲惨状况。于是，年轻姑娘请缨离开城镇，前往太行山腹地扎根，春来秋往，在荒山僻岭中建起了一个又一个巡回医疗点。她的大本营，便坐落在莲花峰下的宋家庄。

除了像多年后才滋生的"赤脚医生"那样，为乡村妇女接生婴儿、推广妇幼保健常识、为村民做力所能及的简单治疗，凯瑟琳也开办了识字班，教乡村女孩子们读书写字、编织毛衣，学会一技之长。几年下来，凯瑟琳就能操一口流利的当地方言，走家串户，送医上门了。

老乡们回忆起"黄毛老何"时，形容她金发碧眼，皮肤白皙，身材高挑，端庄秀气。她常穿一袭棕色长裙，身轻如燕，快步如风，苗条的身影须臾间便在山道上消失得无影无踪了。伴随着她跑前跑后的，还有一条活蹦乱跳的大黄狗。那是八路军司令员聂荣臻送给她的，担心她孤身一人星夜出诊，路遇不测。

一九三八年秋天，八路军从五台山区战略转移，迁到太行山东麓，司令部就设在了这一带的山村里。白求恩与凯瑟琳这两个外国人,也因此邂逅他乡。

  白求恩在写给朋友们的信中,谈到过他费尽心血在五台山的松岩口古庙中建立起来的那座示范医院,甚至细致入微地描绘了庭院中色彩缤纷、各具风姿的树木花草,欣喜之情,跃然纸上。可惜,这座医院诞生仅仅两个星期,便遭到占领五台山的日军焚毁。白求恩心痛至极。他率领着医疗队,跟随八路军撤退后,再次白手起家,在一个小村庄中建立了新的战地医院。

  医院建在葛公村,距凯瑟琳的宋家庄仅十几里之遥。据八路军老战士们回忆,白求恩听战友们说,宋家庄的诊疗所里住着一位女传教士,她可以自由出入日本人占领的北平城购买医药用品,可惜她受英国教会的规定约束,不愿卷入中日战争,因此很难动员她帮助八路军解决缺医少药的困难局面。

  白求恩听完,一拍胸脯,夸下了海口。"瞧我的吧,保证把她拿下!"

  "拿下"凯瑟琳的细节,我已在《尺素天涯》里详述过,此处不再重复。

  自从两人相识后,白求恩常常会在繁忙的工作之余抽空来她家里聊天,享受一杯热气腾腾的煮咖啡,品尝她烘烤的蛋糕。咖啡是凯瑟琳从北平城里买回来的。她还在院子中养了两头山羊。鲜羊奶冲咖啡,对远离家乡的白求恩来说,无异于人间美味。

此外,凯瑟琳有时去北平的协和医院办事,总能顺便带回来一些英文报刊,这对白求恩来说,诱惑力极大。因晋察冀边区遭日寇封锁,常常接连数月与世隔绝。白求恩不懂中文,又得不到任何英文消息,内心焦灼,倍感孤独。

不是吗?在白求恩写给朋友的信中,他曾不无感慨:

"我有时很怀念咖啡、烤得半熟的牛肉、苹果馅饼、还有冰淇淋。那都是绝佳的美味啊!此外还有那么多书籍可阅读。很想知道,你们如今还在著书立说吗?还在欣赏音乐吗?你们还常常跳舞、喝啤酒、看画展吗?唉,躺在铺着雪白床单的柔软的床上,该是何等滋味啊?姑娘们还渴望着被人爱慕和追求吗?想来悲哀,这些东西本来都属唾手可得之物啊！"

在太行山荒村僻岭里的这对孤男寡女，经常见面，还互赠礼品，落在村民和八路军战友们眼中，自然被解读为热恋中的男女了。可白求恩的内心深处，究竟处于何种状态呢？

他的内心，恐怕是矛盾复杂的。一方面，能用母语和一位知书达理的女性痛快淋漓地开怀畅谈，在那个离了翻译就寸步难行的大山里，对白求恩是莫大的慰藉。另一方面，他大概有意识地与凯瑟琳维持着谨慎的距离，使两人的关系始终停留在纯洁无瑕的友谊层面。

矛盾的心情来自何方？

从白求恩赴华前不久写给他离异的前妻弗兰西丝的一封信中，似乎折射出白求恩对恋人在精神层面崇高或者说严苛的期盼。

"如今我所踏上的人生旅途，是一条离经叛道之路，但只要我认准了，就将义无反顾。而你，则必须走你自己的路。我曾对你说，我不再像过去那样尊重你了。我的意思是，在我的眼中，你的生活是缺乏尊严的。不过,你我二人对尊严的理解可能截然不同。我的尊严是不屈不挠、疾恶如仇、拒绝同流合污、坚持独立思考。我已经意识到,过去向你建议,让你为事业而采取行动,实在是大错特错。请原谅我。"

显而易见,凯瑟琳与弗兰西丝是有着本质上区别的两类女性。

老乡们谈到凯瑟琳时说,她和白求恩的风格如出一辙,就连走路的姿势,也同样敏捷矫健、迅疾如风。两人也都是急性子,干起活来一丝不苟,眼中揉不了沙子。对那些不负责任、消极怠惰者,他们皆会拉下脸来严厉斥责,而非中国人的碍于情面、虚与委蛇。

当白求恩看到一个中国医生在手术室里用手术刀悠闲地削梨皮时,他二话不说,一把就夺下了手术刀和梨,扔到了门外。

当他发现因为某个医生的失职而导致一位八路军伤员不得不截肢时,他大发雷霆,坚决要求处罚这位医生。

他甚至粗暴地劈手夺下了聂荣臻司令员叼在嘴角的香烟,只因为司令员命令他必须休息六个小时后再工作。须知司令员可是对他关怀备至的八路军首长啊,还赠送给他了一匹缴获的日军枣红色战马呢!

村民们回忆,凯瑟琳虽然外表温文尔雅,但对那些不肯改变恶习的人,她也会一反常态,火冒三丈。不过,对于穷苦百姓,她也与白求恩一样,舍得倾其所有,从不吝啬。

白求恩曾把炊事员专门为他熬的一锅鸡汤,端到病房里,一勺一勺,亲自喂到每一位伤员口中。凯瑟琳则节省下她微薄的薪水,买来毛巾鞋袜,赠予贫苦的村民。

毫无疑问,他们俩在人生观上极为合拍,恰似一对比翼齐飞的高山俊鸟。

那么,假如真要做出选择,白求恩会选择凯瑟琳这样的女性做自己的终身伴侣吗?

难说。

为什么?这恐怕要挖掘到白求恩有失完美的童年时代了。

他在一个严格的基督教牧师家庭里长大。父亲外表固执刻板,但内心懦弱。在某些研究者笔下,他大有受老婆摆布的妻管严之嫌。白求恩的母亲则是个忠于信仰、严肃认真,但个性倔强、固执己见的女人。

儿童时代的白求恩,由于顽皮,曾屡遭体罚,父母甚至将他的脸强按在地上,逼他啃食泥土,以便了解何为"艰辛"!

难道说,这种不幸的经历,使得白求恩成年后在潜意识中反感任何一个试图控制他、对他发号施令的女性?难道这就是为什么白求恩总是对孤苦无依的陌生儿童充满怜悯、给予无私的关怀,却终其一生都难与任何一个女性维持长远的爱情?

不难想象,莲花峰下那些温馨的倾谈、默契的微笑,曾为白求恩带来过战火中难得的柔情。可他是否曾在凯瑟琳身上捕捉到了母亲的身影?而如果看到了,那种感觉,又会掺杂何种复杂微妙的心境?

加拿大心理学教授大卫·莱斯布里奇坚持认为,白求恩不喜欢他性格专制的母亲。我虽不敢轻易苟同,但令人不解的是,白求恩在中国接近两年的时光里,给加拿大的朋友们写了无数封信，却没有一封，是写给他的母亲。

至于凯瑟琳，毋庸置疑，她是彻底被这个男人所征服了，正像众多为白求恩所倾倒的女性一样。

凯瑟琳在诊所的中国女助手回忆说，她观察到，每次白求恩来过宋家庄之后，凯瑟琳的心情就格外得好，显露出少女般的欢欣雀跃。

在凯瑟琳这种洁身自好的女性面前，白求恩展现出的那种发乎情止于礼、热情奔放却又若即若离的君子般的矜持，只能增添他在她心目中的分量。

不是吗？在白求恩无可抗拒的人格魅力感召下，凯瑟琳最终放弃了英国教会的警告，无视战争期间必须保持的中立姿态，而多次驾着骡车，冒险往返于北平城与太行山的五百里山路之间，秘密地为八路军采购运输医疗物资。

当凯瑟琳回到村中，从骡车上取出藏在棉被里的几包英国香烟，递到白求恩手中的时候，她面颊上泛出的红晕，可是掩饰不住的羞涩，欲语还休？

9

一九三九年夏天,日本人出兵宋家庄,洗劫焚毁了凯瑟琳的诊所,并逮捕关押了正在北平购置药物的凯瑟琳。只是在协和医院的英籍人士出面交涉后,日本人才不得不释放了她,但却强行将她立即从天津递解出境。

轮船抵达香港之后,凯瑟琳便悄悄蛰伏下来,焦急地寻找着一切可能的机会,重返太行山。那段时光,她心急如焚,度日如年,天天牵挂着远方的战友。

她忘不了那个启明星在天际闪烁的清晨,临行前与白求恩告别的时刻。他赤足穿一双草鞋,踩着被露水打湿的野草,送她走到山道分叉处,望着她离去的身影,挥手惜别。想到他几个月来明显消瘦、疲惫不堪的面容,她心里就隐隐作痛。

她曾对香港的朋友叙说心中的忧愁:"我告诉白求恩大夫,要去北平买药,结果突然间一去不返,杳无音讯!他不知道发生了什么事情,肯定日思夜盼,等着我带回医药呢,他还不得急死呀!唉,说不定,他会以为我撇下他不管了呢!"

机遇终于来了。英国驻香港的主教何明华(Ronald Hall)素与宋庆龄、周恩来交好,同情并支持中国共产党,也因此被右翼人士贴上了"粉红色主教"的标签。

正是这样一个备受争议的青年主教,不但为凯瑟琳提供了在香港的食宿,还介绍她认识了宋庆龄。一年多来,宋庆龄一直在收集白求恩在八路军的照片,发表在她所主持的刊物上,让外界了解中国共产党。当她从凯瑟琳这里得知,八路军缺医少药却收不到任何国际援助的时候,她叹道,发给陕北的救援物资,肯定是被重庆拦截了。

那么,负责往重庆运输救援物资的人,又是谁呢?

在朋友们的帮助下,凯瑟琳结识了一位重要的历史人物:著名的加拿大医生罗光普(Robert McClure,罗伯特·麦克卢尔)。

罗光普是个地道的白种人。但他从婴儿时起就在豫北安阳长大,并长期在当地教会医院工作,操一口流利的河南话。抗日战争期间,他深得蒋夫人宋美龄信任,被委以国际红十字会华北区负责人。通过他的手,为中国内地运送了大量来自海外的援华物资。

那个秋天,罗光普带领着凯瑟琳,从香港绕道法国殖民地越南,经河内、海防、南宁、桂林,一路押送了满满两大卡车来自世界各地的捐赠品,准备运往重庆。卡车上的一部分东西,便是凯瑟琳在香港四处筹集来的医药。她迫不及待地踏上了征途,要把这批药品送到太行山,亲自交到白求恩手中。

在罗光普的传记中,曾引述了他写给妻子的一封信:

"同行的伙伴中,有位来自新西兰的女传教士。车上装载的货物里也有属于她的医药用品。

凯瑟琳·霍尔小姐是个聪明有趣、典雅大方的中年女性。她长期居住在八路军盘踞的五台山地区,并一直与白求恩并肩工作。目前,她已经辞去了在教会里的职位,准备返回新西兰工作一年。而她的这个决定,受到了在香港的左翼人士支持。

她是个品德高尚的人,并不十分清楚政治的复杂性，但却执着于自己所选择的道路。她对白求恩医生的印象极好。显然，只要白求恩能够克服他贪杯的弱点，就能出类拔萃地投入工作，且毫不畏惧艰苦的生活。

有时候，碰到从加拿大来华的人们，大家免不了会提到人人耳熟能详的白求恩。以前，我曾颇为坦率地谈到他给我留下的印象。但是，从现在起，我不想再给人留下那种错误印象了，因为他是一个如此忠于职守、勤奋努力的人。"

漫长的旅途中，凯瑟琳那深情款款的叙述，令罗光普醒悟过来，重新审视了自己对白求恩曾经产生的误解。

这趟沿着滇缅边境的旅程跨越三千多里，跋山涉水，险象环生，时时面临着日本军机的追踪轰炸。虽然罗光普曾数次往返于这条路线，路途并不陌生，但他仍如惊弓之鸟，日夜提心吊胆，寝食难安。

当一行人九死一生，终于抵达贵阳城时，已临近那年的圣诞节了。

恰在此时，白求恩已经牺牲的噩耗，传入了凯瑟琳耳中。

在太行山摩天岭与日军长达半个多月的激烈交锋中，八路军伤员接连不断地被抬入山村小庙，在临时搭起的手术台前排队等候。白求恩连做手术的胶皮手套都没有了，才在几天几夜未曾合眼、连续做了一百多个手术、极度疲惫不堪之下，不慎划破手指，血液感染，无药可治，悲惨地离开人世的。

如晴天霹雳，山崩地裂。凯瑟琳悲恸地大哭一场后，再也站不起来了。

卧病床榻，在死神翅膀的阴影下日渐衰弱、奄奄一息的那一个月里，她可曾产生过何种念头？是抛下多舛的人生，追随他的身影，到天堂里相逢，倾诉别后离情，还有那来不及向他表白的隐秘的苦衷？

朋友们窃窃私语，这个可怜的女人，大概没有希望痊愈了。人们已开始悄悄地商量，为她准备后事了。

然而，一九四〇年初，某个寒冷的清晨，当太阳从山城的浓雾中露出苍白无力的面容时，凯瑟琳出人意料地从病榻上爬了起来。她没有听从朋友们的规劝，独自一人，携带着属于她的那几箱药品，悄然北上。

她再次翻山越岭，辗转数千里，几经周折，终于回到了魂牵梦萦的太行。

八路军的战友们告诉她，在白求恩留下的临终遗嘱中，有一句，是请聂荣臻司令员转达给凯瑟琳的："请您向霍尔小姐转达我最炽热的感谢，为了她所提供给我们的巨大帮助。"

哦，凯瑟琳，你也许永远都不知道吧，在白求恩望穿秋水般地期盼着你驾着骡车的身影出现在群山间小路上的那些不眠之夜，他还无法预见到几个月后那不可避免的悲剧的降临，因而依旧踌躇满志地策划着未来呢，那个包含着你在内的、无比乐观美好的未来！

在白求恩写给八路军司令部的报告中，曾有如下文字：

"过去三个月来，医药供应主要依赖宋家庄的霍尔小姐的大力帮助。由于她的积极活动，导致日本人烧毁了她的住地。

数月前我就曾多次表示过，今后不能再让这

些教会里的同情者过多地卷入了。如果我们能组建一支可靠的地下运输队，就可避免日本人对她的戕害。

另外，我们的记者也极不明智。他们刊发了一篇文章，赞扬霍尔小姐对八路军的援助。日本人也读到了这份报纸。当然还有汉奸帮凶。总之，我们千万不能再继续麻烦霍尔小姐了。由于她对我们的帮助，她的生命已被置于危险之中。

眼下我正在努力说服她，让她放弃自己的本职工作，加入到我们的医疗队来。我建议以她为核心，从北京协和医学院召集一批训练有素的护士，建立起一个小型的模范医院。

她正在考虑我的建议，准备返回新西兰家乡，去为八路军募捐。

我觉得，只要我们俩齐心协力，就能够筹集到足够医疗培训所需的资金。但我们俩都必须得离开半年到八个月之久才行。"

凯瑟琳目光茫然，默默打量着白求恩身后留下的这所山村小医院。

头年夏天，正是在她的鼓动和秘密安排下，几名在北京协和医院里工作的年轻女护士化装上路，悄悄奔赴太行，加入了白求恩所创建的医疗队伍。其中一位叫郭庆兰，能说一口流利的英语，深受白求恩赞赏。如今，她已嫁给了接替白求恩工作的印度援华医疗队的柯棣华大夫。烈士遗产，后继有人。

可是，那没有了他的山，还是山吗？那没有了他的水，还能否叫做水？

斩不断的悲伤，彻底淹没了凯瑟琳孱弱的心房。她终于倒下，再也爬不起来了。

敌人马上要开始新一轮大扫荡了。聂荣臻司令员当机立断，派遣几位八路军战士，用担架抬着骨瘦如柴的凯瑟琳，匆匆告别了太行。

一晃，十年过去了。新中国成立后，凯瑟琳心头那团不熄的火苗重新被点燃。她刻不容缓地离开家乡，抵达了香港。在老朋友"粉红色主教"何明华的关照下，她一面做义工，一面焦急地期盼着重新踏上故地的那一天。

可惜，由于新中国百废待兴的复杂局面，凯瑟琳整整等待了一年之久，也无法获得入境签证。无奈下，她失望地返回新西兰，从此靠着在家中照管几个寄宿女生，换取微薄的收入度日，孤独一人，终身未婚。

光阴荏苒，又过了十年，凯瑟琳突然收到了中国政府发出的邀请函。此时，她已步入人生暮年，白发苍苍，红颜不再。短短的几日行程中，她执意要求，踏入崎岖不平的太行峻岭，来到军城东山脚下的白求恩墓园。

乡亲们看到，凯瑟琳眼含热泪，凝视着远方的"白公山"，久久地发呆。

临走时，她捧起白求恩坟前的一把黄土，包在绢子里，紧紧拥入了怀中，喃喃自语道："对不起，我已经老了，今后恐怕无法再回来看你了。"

一九七〇年，凯瑟琳在家乡去世，临终留下遗言，让人们把她的骨灰送往太行，洒在洁白的莲花峰上，与白求恩的衣冠冢遥遥相望。

几十年前，那个身穿灰军装、骑一匹枣红色骏马的身影，曾多次出现在莲花峰的羊肠小道上，到这里来品尝她亲手烹煮的羊奶咖啡，享受她亲手烘烤的蛋糕。

从开启的窗扉处，远远眺望到那个潇洒的身影，聆听那清脆急促的马蹄声由远而近，恐怕是这个女人曾经拥有的最幸福甜美、回味无穷的人生时刻了吧？

如今烟消云散，尘埃落定，两人终于能在莲花峰湛蓝的天空下重聚，不用再担忧窗外隆隆的炮火，从此悠然相视，谈笑风生了。

10

介绍完了凯瑟琳，该回答有关莉莲的问题了。

不少男性读者看到莉莲那张明眸皓齿、光彩照人的肖像后，几乎都毫不迟疑地断言，白求恩肯定是为她出众的容貌所吸引的。

这点恐怕不假，爱美之心人皆有之。然而，当年采访比尔的时候，他曾反复强调母亲的温柔善良、宽厚待人。这一点，给我留下了深刻的印象。

牵动白求恩灵魂深处的那一抹柔情，难道仅仅是艳丽的外表吗?

白求恩的前妻弗兰西丝堪称容貌出众、谈吐高雅的名媛淑女。当年,这对青年男女在爱丁堡一见钟情,火速成婚,但此后却几度离合,最终分道扬镳。可见天生丽质,金玉其外,并不能成为长久吸引白求恩这类男性的因素。

不错,很多人都知道,白求恩在临终前,依旧念念不忘叮嘱加拿大共产党组织,要按期发放生活费给他的前妻,不要因他的死亡而使她的生活陷入困境。那句遗嘱,曾令许多中国女性动容。今天的人们,当猛然间面对着一颗高尚的灵魂,似乎已不习惯了。

大多数中国读者恐怕也不知道,当白求恩夫妇某次分居期间,二人尚未办理离婚手续,弗兰西丝与一位经商的男人两情相悦,并谈婚论嫁。可是,当她怀孕之后,那个男人却不情愿升格为父亲的角色。为难之际,弗兰西丝只能向白求恩诉苦求援。于是,白求恩怀着难以言表的复杂心情,默默驱车数百公里,前往弗兰西丝身边,亲自为她施行了流产手术。

从这件小事上,我看到的,是一个伟大男性宽阔的胸襟、超越世俗的怜悯心。

在单身期间，白求恩的生活中曾出现过好几位女性。她们个个都出类拔萃，不仅美丽优雅，还颇具才情。然而，至关重要的一点是，她们几乎都与他一样，向往人类的平等、社会的公正，愿为底层百姓赴汤蹈火，甚至奉献出生命。

白求恩赴华前夕，曾在纽约讲演，为援华医疗队募捐。他潇洒的风度、雄辩的口才、高尚的理念吸引了无数听众。讲演结束后，十几位年轻姑娘冲上舞台给他献花。

其中一位，即纯情又浪漫，眸子里燃烧着爱慕的火焰，连日来缠在他身边，形影不离，恳求他带她去遥远的东方，参加神圣的抗战。

然而，看着这朵显然是在温室里培育出来的娇嫩的鲜花，白求恩坦言相告："对不起，小姐，我不能带你同行。因为你无法适应那种艰苦的环境。"

在这个年轻的美国女孩身上，白求恩看到了什么？是在高级舞会上身穿黑丝绒长裙、胸口缀一朵红玫瑰、仪态万方的弗兰西丝小姐吗？还是蒙特利尔公寓的屋檐下夫妻争吵时那个令他痛苦发狂的追求安逸、爱慕虚荣的女性？

必须承认，这个聪明勇敢、才华横溢的男子，目光是尖锐且挑剔的。他对工作、对技术，精益求精，对女人亦如是，容不得半点瑕疵与平庸。

像许多富于激情的男性一样，白求恩也曾数度堕入情网，无力自拔，不断面临着诱惑与考验。然而，强者和弱者的区别，岂非恰恰表现在是否有勇气果断地纠正自身错误，并及时跳出不当感情的桎梏？

在弗兰西丝与那个不想当父亲、但却与她情投意合的商人正式结婚后，白求恩曾给前妻写过这样一封信，坦率地检讨了自己的过错。

"三个月来，我逐渐理清了自己的思绪。今天，我想向你敞开心扉，袒露真情。

作为一个男人，无论是从生理上还是精神上，我都对你再无所求。我们永远不可能使对方完全满意，因此也不必再徒劳下去了。

对我们的往昔，我无可懊悔，除却一件事——

我的大男子主义曾令我愚蠢万分地试图把虚幻变为现实。

我就像一个性情急躁的园丁，固执地按照自己的理想去修剪一棵鲜活的小树，全然不顾及你的感受，仅凭着男性的期望去塑造想象中的女人形象。

此刻，我终于明白了这个道理，你就是你，不应被改变。身为男人，要么就接受真实的你，要么就在改变你的企图中两败俱伤。

好了，我不会再那样做了，因为我爱你。我相信，应当让你随心所欲地生活，你才能在平和安静中开花结果。

你必须聆听自己内心世界的召唤，遵循灵魂深处的渴望，而不屈从于他人的想法。如果我还有资格，我想说，请你像我一样地生活吧，走自己的路，不要看别人的脸色，否则你将会变得面目全非。

再见了，我亲爱的弗兰西丝。

我曾那么深深地爱过你，但现在只能留下你，独自离去了。

昨夜星辰昨夜风，

从此只应长入梦。"

一九三八年一月八日，在温哥华港登上"亚洲女皇号"，启程赴华的当天，白求恩在船上给前妻弗兰西丝写了一封短短的告别信，再次体现了这个男人混杂着责任感与渴求完美的复杂的两性观：

我亲爱的弗兰西丝：

我已为你做了力所能及的一切（作者按：指白求恩要求美国的援华委员会每月给前妻弗兰西丝邮寄一百美元的生活费），为了公平，也为了我曾经对你拥有的爱。我只是给了你应该得到的东西。除此之外，请不要再期望其他什么了。

时至今日，我似乎已无资格再向你提出任何建议了。但我还是要请求你，离开蒙特利尔吧。我对你十分担忧，包括你眼下的状态以及即将发生的未来。

逃离你现有的生活吧！否则，那些可怕的人们将会毁掉你身上那些我曾经珍视过的一切。

别了。

不管究竟是由于何种无法忍受的原因,导致了这对曾经深深相爱的夫妻数度分手,但白求恩对完美精神生活的孜孜追求,无疑也影响了弗兰西丝毕生。

她与那个温文尔雅、教养良好,但却惧怕当父亲的男人之间的婚姻,并未维持多久,几年后也以仳离告终。

二次大战结束后,弗兰西丝孤身一人返回了故乡苏格兰,寄人篱下,默默度过了残生。在她去世前,卧室的梳妆台上,一直摆放着白求恩的肖像。

曾经沧海。除却巫山。谁能否认,在弗兰西丝的内心深处,始终都晃动着那个无法泯灭的身影?

11

初次采访比尔时,他曾对着落日余晖,目光中凝滞着深深的眷恋，回忆起母亲。

莉莲是一位心灵手巧的木匠的独生女，自幼在多伦多长大，接受过高中教育，属于那个年代为数不多的白领女性。工作之余，她也积极参与加拿大共产党的外围组织活动，带领工厂女工们义演进步话剧，为公益事业筹款募捐。

如她肖像上所展示的春花般灿烂的笑容一样，我猜想，这个开朗乐观、温柔善良的女性，自然赢得了朋友们的爱戴与尊敬。

莉莲身上所蕴含的母性的光辉，显然是白求恩内心深处最为渴望的女性品质。

三十年代初期，莉莲曾罹患肺结核，此病在那个年代被视为与癌症一样的不治之症。是白求恩为她切除了一半肺叶，挽救了她的生命。这种躯体上的残缺，并未影响到两人在心灵上的呼应，并逐步发展出一种亲密的关系。究竟是什么样的关系呢？我想，除却医生与患者之间的信赖与感激之情外，最重要的，恐怕是他们二人共同拥有的人生理念。

不少人知晓，一九三七年初夏，白求恩从西班牙战场上返回祖国后，因受到同志们的批评，遭到了冷遇和排斥，同时也因他暴露了共产党员的身份，而失去了在蒙特利尔教会医院里待遇优厚的外科医生职位。

他曾一度情绪低落，沉默寡言，为自己的错误悲伤悔恨，怀疑自己，也怀疑人生。朋友们注意到，他的光彩荡然无存，举止不再风流倜傥，笑容也不再魅力无穷。

比尔说，母亲莉莲在世时曾提到，当时，白求恩是在她的安慰下才重新振作起来，决心奔赴遥远的东方抗战的。"你应当去中国啊，那里需要你！"莉莲鼓励他。

当然，这仅是一家之言。

大卫·莱斯布里奇教授对我强调：白求恩决定去中国，与莉莲的鼓动丝毫无关。

时势造英雄。一九三七年早春，美国著名女记者史沫特莱抵达延安，采访了数位红军领袖。卢沟桥事变爆发后，她与毛泽东联名给国际红十字会和美国共产党总书记白劳德写信，呼吁他们派遣医疗队来华，为八路军提供服务，并援助医药物资。

十月十日那天，加拿大共产党在多伦多召开了会议，决定与美国共产党合作，共同派遣一支医疗队援华，并接受了白求恩的请缨。

那时，白求恩刚刚阅读过甫一面世便畅销风行的两部书：埃德加·斯诺的《红星照耀中国》，史沫特莱的《中国红军在前进》。那个发生在遥远的东方、如荷马史诗《奥德赛》一般悲壮动人的故事，顷刻间在白求恩心目中奠立了一座看得见、摸得着的人生丰碑。对这份没有报酬、只提供生活费、但却能与世界上最优秀的人们为伍的工作，他丝毫未加犹豫。

也许，数月来经受的冷落和屈辱，迫使他深刻反省了自身性格缺点所造成的错误。痛定思痛，他决心东山再起，以苦行僧式的赎罪生涯，实现他从幼年时起就已悄然做着的英雄梦。

冥冥之中，白求恩大概意识到了，此次远征，也许将成为他年近半百、已快走完人生旅途的最后一次验证。

"我仅有一个条件，假如我回不来了，你们必须让世人知晓，诺尔曼·白求恩是以一个共产党员的身份牺牲的。"

掷地有声，谁知竟一语成箴。

白求恩为什么会提出这样一个隐含着无限悲情的条件呢？我们需要追溯他内心的纠结。

两年之前，一九三五年十一月，白求恩在经过反复思考，才终于决定加入共产党之时，几位加拿大共产党领导人却颇为踌躇，是否应当接受他的申请？

他们的担忧可以理解。在这支以工人阶级为主的队伍里，白求恩这位著名外科医生当时的上流社会生活方式颇为引人侧目，何况他我行我素的个人主义色彩过浓，与党的纪律格格不入。斟酌再三，党组织最后决定，接受白求恩秘密加入党组织，但却提出了一个要求：他必须对外隐瞒其党员身份。

当白求恩从西班牙战场返回加拿大之后，一九三七年夏秋之际，党组织曾派遣他横跨北美大地，为西班牙内战募捐。在一场又一场讲演中，白求恩的个人魅力大大施展，吸引了成千上万元的捐赠。但他却深感压抑和屈辱，因为他不得不一次又一次地否认自己的信仰。这种被迫的言不由衷，痛苦地扭曲着他嬉笑怒骂皆成文章的天性。

终于，在加拿大西部某次讲演中，当受到听众当面质疑的情况下，他不想再继续隐瞒了，于是脱口而出道：

"没错，我就是共产党！这是我个人的信仰和选择。假如我现在告诉你，牛奶对儿童的健康是有益的，难道反共人士会因为我是共产党，就说牛奶对儿童的健康有害吗？假如我告诉你，人们需要面包。难道仅仅因为我信奉社会主义乃人类社会最平等、最高尚、最道德的理念，你们因此便拒绝承认人们需要面包吗？"

多么令人激赏的雄辩！我毫不怀疑，在那一刻，支持着白求恩冲破组织对他的束缚，畅所欲言的，是来自他内心深处的强大信念。

不是吗？他之所以从俄国考察归来后，便义无反顾地递交了入党申请书，正是因为他看到了，他多年来孜孜追求而不可得的全民医疗保健,在社会主义制度下,才得以实现。

可惜,坚守信念并为之奉献,落到多少人身上,都是说来容易做来难。

一九三七年秋天,当白求恩在纽约签署完医疗队赴华协议,返回蒙特利尔后,他兴冲冲地找到了丽碧·帕克,一位在大医院工作的女护士,鼓动她加入医疗队,陪伴自己一同赴华。

这位精力充沛的年轻女护士富有正义感,一贯热心公益,几年来曾在白求恩率领下,与蒙特利尔的一小批知识分子四处奔走,呼吁政府提供免费医疗保险,改善穷人无钱医病只能等待死亡的可悲状况。虽然他们的努力以失败而告终,但丽碧在白求恩的眼中,早已被视为志同道合的亲密战友了。

然而,出乎他的意料,丽碧竟毫不犹豫地拒绝了白求恩的请求,朝他火热的胸膛上浇了一盆冷水。望着她翩然离去的背影,白求恩呆呆地坐在咖啡馆里发愣。

那段时间,白求恩还恳求过其他女性吗?什么样的女性,才既有冒险牺牲的勇气、又有善解人意的宽厚胸襟，适于陪伴他这样的男人，踏上赴汤蹈火、生死莫测的征程？

茫茫人海中，白求恩似乎早已心有所属。

除了我在《尺素天涯》中所描述的白求恩留给莉莲的最后一封情深意切、被隐藏了七十五年之久的信件之外，我们今天能够看到的，还有另外一封他写给莉莲的颇为冗长的信，那是白求恩在一九三八年初抵五台山的盛夏时写就的。

从这封信中看出，他在收到了莉莲寄给他的两封信之后，便急迫地动员她来华工作，甚至不厌其烦地解释，她来后能够担任何种类型的工作，例如去武汉为中国红十字会担任对外联络的秘书等等。

"你有能力为他们提供技术上的帮助，因为他们急需一个像你这样既懂专业知识又了解外国朋友的人。你可以帮他们编辑和发行工作报告，为他们处理通信联络。我确信你在很多组织管理方面能够帮我们这个医疗队提出良好的建议。你的素质对于这个国家和这项工作而言都是卓越超群的。

……

当然,你必须明白这一事实:日军强兵压境,即将扑来。如果你真像看上去的那样坚定不移的话,我相信你能够做到中国人所能做到的一切,赴汤蹈火,荣辱与共。

……

如果你愿意到我这里来,我将会派你去做各种工作。因为我要负责的事情多如牛毛,堆积如山,我常常累得筋疲力尽,力不从心。若是有你在旁协助,我们就能够得到美国和加拿大所能提供的更好的供给了。"

从这封信里可以看出,白求恩之所以选中莉莲,纯粹是因为对她的工作能力欣赏备至、信心十足,而非单纯地满足自己在个人情感上的需求。否则他为何会精心策划,让莉莲到几千里之外的武汉去,在红十字会里面工作,而非干脆到太行山来,与自己朝夕相伴呢?

在白求恩的视野里,莉莲的加盟,犹如一枚关键的棋子,也许,善于公关的她,就像一只过河的卒子,将巧妙地扭转八路军所面临的被动局面，调动起美国和加拿大共产党的热情，对八路军投入大力支持。

从事情后来的发展看，白求恩的独具慧眼，可谓高瞻远瞩。

遗憾的是，我们从白求恩写给美国和加拿大共产党的一封又一封信函和电报中，无比心痛地看到，他四处求援，苦熬苦等，却几乎收不到任何响应。

出于自尊，他不愿意向经费困难的八路军伸手，竟然不得不点着油灯熬夜写作，频频投稿给北美的报刊杂志，以换取稿费，补贴日常生活。

记得多年前，当我与英语系的同事朱蒂丝·米勒教授谈到白求恩在太行山的窘况时，她曾泪水盈眶。

"彦，你不知道，当时的加拿大共产党，更多关注的是西班牙内战，不仅派遣了大批志愿军参战，还在全国各地为西班牙募捐。然而，大家都没有意识到，白求恩在中国的医疗队所身处的环境是如此艰苦，而他又陷入了叫天天不应、叫地地不灵的孤立无援的状态。

他那一封封呼吁支援的信件和电报都被置若罔闻，没有人对他施以援手，也没有人为他去筹集所需要的经费。他不得不面对严酷的环境，孤军作战，直至献出了生命！

九十年代，当他的大批书信都终于曝光后，所有读到它们的加拿大人无不为之动容，且深感愧疚。我们，都对不起他啊！"

12

值得探究的是，我们今天所能看到的白求恩写给莉莲、急迫地敦促她来华工作的那封长信，显然是被莉莲交出后，被加拿大共产党组织得到了。因此，这封信才得以在白求恩逝世之后被载入史册，并数次被传记文学所引用。

但是，为什么那张珍贵的毛泽东与白求恩的合影照片以及白求恩邮寄给莉莲的最后一封信，却如石沉大海，被隐瞒了整整七十五载春秋，竟无人知晓呢？

生活中有一些十分微妙、甚至琐碎到易被忽视的细节，为我抽丝剥茧，分析其中奥秘，提供了可能的解答。

首先，针对个别人的主观臆断，说白求恩是第三者，介入了莉莲和爱德华的婚姻，我们必须澄清，这种指责是毫无根据的。因为直到今天，我们也无法确认，在莉莲与白求恩相识并书信往来的岁月里，莉莲的婚姻究竟处于何种状态。此外，白求恩与莉莲的交往，显然仅仅限于精神层面，未越雷池一步，自然无可非议。

我曾经问过比尔，莉莲与爱德华是哪年结婚的？

他摇头说，不知道。因为父母去世之后，他曾努力搜寻各种档案，包括在多伦多市政厅和基督教会里，都花费了不少时光，却从来没有查找到任何父母结婚的文件记录。

冒昧揣测，三十年代初期，在加拿大共产党人的圈子里，莉莲与爱德华的关系，也许是夫妻，也许只是同志加恋人罢了。也许，爱德华仅仅是这个既美丽活泼又温柔可爱的姑娘的众多追求者之一。

但当她罹患肺结核，得到白求恩为她悉心治疗之后，两人在频繁的接触中，感情大概产生了某种微妙的升华。可是，还有爱德华呢，他怎么办？

与白求恩相比，爱德华也绝非等闲之辈。他算是加拿大共产党早期领导人之一，曾担任党的机关报《工人报》的主编。

西班牙内战开始后，加拿大政府不愿卷入争端，因此颁发了命令，禁止国民前往参战。这样一来，组织志愿军支持共和派的任务，就落在了出于道义、临危受命的加拿大共产党肩上。

一九三七年二月，爱德华以加拿大志愿军旅长的身份率队出征。而在此之前数月，白求恩早已率领一支轻骑医疗队，奔赴西班牙了。

在比尔收藏的大量历史照片中，我注意到了其中两幅。一幅是腿部负伤的爱德华躺在担架上，被人抬入民房内。一幅是身披长大衣的白求恩，俯身在溪水旁，把刚刚采集的新鲜血液收在葡萄酒瓶中，置放于冷水中保存。

无疑，在保卫马德里的激战中，他们曾并肩作战。

有谁知道呢，也许，在这三个志同道合的朋友之间，也曾出现过车尔尼雪夫斯基在《怎么办》中描述过的困窘？也许，莉莲一直在犹豫不决中挣扎徘徊，是否应当听从心灵的召唤，追随白求恩，奔赴烽火连天的抗日战场。可是，爱德华呢？他将何去何从？

看到爱德华的几张照片后，不知怎的，心中竟有些许失望。这个男人的相貌，虽然谈不上英俊，但也算得上匀称周正。微微眯起的眸子里，透着几分矜持，几分含蓄，也蕴藏着一丝难以捕捉的犹疑。他眉宇间缺乏的，恰恰是白求恩那种与生俱来的率性与坦荡。

相形之下，即便爱德华曾一身戎装，高举着亮晶晶的仪仗剑，伴着震动人心的铜号声，迈着雄赳赳的正步，在渥太华议会广场上接受人人瞩目的出征检阅，他也根本无法抗衡白求恩那摄人魂魄的笑容、浑身散发的活力、无遮无拦的爽朗，假如这两个男人之间曾经发生过心照不宣的竞争的话。

爱德华是英国传教士的儿子，出生在中国南方的山城贵阳。他不但从小就跟随大字识不了一箩筐的保姆学了一口贵阳土话，还与当地百姓口味一样，终生嗜食酸辣。据比尔讲，父亲在上海读书时便加入了共产国际，五四运动期间移民到了加拿大。

按理说，有这样的出身背景，爱德华理应对中国怀有千丝万缕、切割不断的深厚情感啊！但涉及爱情，恐怕他无异于任何男性，都难以逾越心中那道狭窄的关隘。

他能够宽宏大度地容忍心爱的女人听从白求恩的召唤，奔赴中国、参加抗战吗？此外，爱德华深深懂得战争的残酷。

加拿大派往西班牙的志愿军，前前后后，大约一千七百人。不算伤者，仅牺牲捐躯者就多达五六百名。不过，那年在蒙特利尔参观时，艾奇思·费尔却坚持说，牺牲了九百名，且多为二十岁左右的年轻人。战争之惨烈，可见一斑。

内战结束后，爱德华旅长在一九三九年二月率残部班师回朝。

根据查到的资料，我发现了关于爱德华的如下档案记录："在西班牙时腿部等处曾负伤。撤退时曾企图当逃兵。但其行为受到掩盖。"

是真是假？难道有人栽赃陷害，诬蔑这位杰出的共产党员？

虽感惊愕，但转念一想，即便是真的，这又算得上多大瑕疵呢？硝烟弥漫的岁月里，几人能面对生死，从容捐躯，不掺杂念？

无论如何，在一九三九年八月，白求恩最后一次发信，敦促加拿大共产党总书记蒂姆·贝克，让他尽快派遣莉莲前往中国，助他一臂之力时，爱德华显然早已从西班牙返回多伦多，环绕在莉莲的身边了。

这段时间，究竟发生过什么呢？也许，比尔从来没听父母叙说过。也许，他即便知道什么，也未必肯说。

我只能大胆假设了。爱德华恐怕是做了釜底抽薪的小动作，要么就是在总书记面前拼命阻拦，要么就是，唉，偷偷处理了那些本该由他转交给莉莲的私人信件？

这可能吗？可能，且并非捕风捉影，故弄玄虚。

身处太行山的荒村野岭，寄信回国，绝非易事。白求恩的所有信件，都只能密密麻麻地用打字机打在一张张薄薄的信纸上，再一封封单独塞入写给每个人的小信封里，最后统统塞入一个牛皮纸袋，托人带到延安，转至上海或北平，再由国际信使寄往美国纽约，交到在那里避难的总书记蒂姆·贝克手中，最后才能通过他，分别转递给每一位收信人。

一个颇为繁琐复杂的过程。

白求恩在中国近两年期间，究竟给莉莲写过几封信呢？如果像他在最后一封信中所言，曾写过很多封，为什么我们迄今看到的，却仅有两封？其他那些信，都落到了何方？

我在采访比尔的时候，注意到一个细节。这封来自晋察冀边区、白求恩临终前两个多月写给莉莲的最后一封信，还有那张与毛泽东合影的珍贵照片，是放在一只巴掌大小、残缺不全的信封里面的。

有趣的是，这只巴掌大小的信封外面，还包着另一个较大的信封。上面的邮戳显示，大信封是一九六二年一月从英国多佛港寄出的，收信人是多伦多的古治女士。古治，是莉莲的父姓。

比尔告诉我，一九七七年，莉莲去世后，他在母亲卧室的梳妆盒里发现了这件遗物，当时就是这个样子，大信封里面套着这只小信封。

我好奇地探询："英国的地址，是谁的呢？"

他答："是我伯父的。我伯父在中国贵阳出生，但后来到英国定居了。"

嗯？为什么，白求恩写给莉莲的这最后一封信，会落入爱德华的哥哥手中？难道说，这封信曾悄悄地存放在英国多年？

这不禁引起了我进一步的猜测：也许，白求恩写给莉莲的许多封信，都落入了他人手中，莉莲压根儿就没有收到过。直至多年后，警钟不再鸣响，良心却需要安放。无须再隐瞒什么的时刻，终于到来了。于是，有人才把这最后的一封信拿出，转交到莉莲的手中。

一九六二。那一年，莉莲的生活中发生了什么呢？

爱德华是一九六四年去世的。据比尔说，父亲曾因中风，瘫痪在床数年之久。蹊跷的是，当爱德华还活在世上时，他哥哥从英国寄给莉莲的信封上，收信人写的却是"古治女士"，而非约定俗成的"莉莲·史密斯太太"。

为什么会采用这种反常的称呼呢？难道说，爱德华与莉莲的婚姻状况，在那时已经发生了某种微妙的变化？

再猜想一把，爱德华，这位在二十世纪三十年代初曾主创了轰动一时的剧本《八个男人要说话》，为加拿大共产党总书记蒂姆·贝克等人被捕入狱而鸣不平的人，自然是总书记的亲密伙伴。总书记是否会把白求恩递交到他手里转给莉莲的信件，直接交给了爱德华处理，亦未可知。

不过，进一步思索，那几年，出狱后的总书记一直躲在美国纽约避难，如何把白求恩写给每一个人的信都顺利地转交出去，恐怕也颇为麻烦。中间的环节若是出现了哪些纰漏，造成了某些信件流落天涯，恐怕永远也无法追踪了。

翻看白求恩留下的大量书信，我注意到了其中一封，写于一九三九年八月一日，那是白求恩写给总书记的一封长长的工作汇报。信的末尾，匆匆加注了如下几句：

"今年春天我从北京给莉莲发了份电报。她可以取道北京到我这里来。但我却没有收到任何回音。今冬我要回国。诺尔曼"

十五天之后，在他写给莉莲的最后一封信中，白求恩焦虑地诉说，他给她发了很多信，却收不到只言片语。他叙述了八路军部队缺医少药的困境，并叮嘱她，让她暂勿动身来华，要留在加拿大，等待他的归来，待他在加拿大完成了募捐筹款任务之后，假如她初衷未改，则带她一起返回中国。

信的末尾，掺杂着顽皮、伤感、也是引人遐思的口吻。

"啊，上帝，时光飞逝，已过去了这么久。我筋疲力尽，瘦弱不堪。也许，你不会再喜欢你的老家伙了。再见。"

然而，仅仅两个多月之后，白求恩就与世长辞了，未能实现他与莉莲之间殷殷的期许和约定。

不过，退一步想，假设当初莉莲及时收到了那一封又一封远方来鸿，她真的就能舍弃身边的一切，包括在多伦多宁静安详的小日子，追随他，奔赴炮火连天的华夏大地吗？

想到此，我陷入了彷徨。

那个秀外慧中、温婉可人的女郎，不仅具备了吸引男性目光的外在美丽，也同时具备了顾全大局、忍辱负重的品德修养。但她在我眼中，却与"黄毛老何"凯瑟琳相去甚远，根本不在一个档次。

莉莲，毕竟只是个普通的女性。压力降临时，这种人更容易选择退却，放弃追求，随遇而安，不再与命运抗争。

白求恩逝世三年之后，莉莲已经三十六岁了。那一年，她生下了与爱德华唯一的孩子：比尔·史密斯。

假如她在风华正茂时就嫁给了爱德华，她为什么会等待了十几年之久，才心甘情愿地做一个母亲呢？蹉跎岁月中，她在默默等待的，究竟是什么？

二〇一五年圣诞节前夕，我在加拿大驻京大使馆专题讲座，题目是"白求恩遗嘱中留给莉莲的东西"。

加拿大驻华大使赵朴（Guy Saint-Jacques）也是白求恩崇拜者。在他的任上，专门在使馆中布置了一个"白求恩之角"。

那天，他对我说："七十年代，我还是个年轻人。在加拿大外交部应聘面试时，因为我是法裔背景，考官就让我举出一位世界知名的英裔加拿大人来。我提到了白求恩。考官却说,但他是个共产党啊!我反驳道,不管白求恩是不是共产党,他都符合世界知名和英裔加拿大人这个标准吧!"

我的讲演话音刚落,赵朴大使便关切地问了一句:"那面缴获的日军大旗呢?交给莉莲了吗?"

一九七七年,当莉莲在多伦多市一条僻静的街道旁那座小巧精致的红砖房里永远合上她美丽的双眼时,这个女人恐怕一直无从知晓,白求恩的临终遗嘱中,曾有过那样一句意味深长的叮咛。

在人生的冰点上,若非有这个女人关切的目光注视着,他可会重整行装,长眠他乡?

13

"彦,快来看!"勃兰特在不远处朝我招手,面露惊喜之色。"这里还有另一个加拿大人的墓碑!"

匆匆走过来,令我吃惊的一幕映入了视线。在白求恩衣冠冢旁边，紧隔着一堵低矮的石墙，几株翠绿的松柏下，竟有另外一座坟茔，墓碑上镌刻着几个大字：加拿大友人尤恩之墓（1911—1987）。

这个名字并不陌生。我早已听说过，当初受加拿大和美国共产党派遣，随白求恩同船来华的，还有一位年轻的加拿大女护士。因为她曾经在鲁西北工作过四年，能操一口流利的山东话，所以特意被选派来，为白求恩担任翻译兼助手。可是，传言他们抵达延安仅仅数月，她便丢下白求恩，不辞而别了。

对于她离开的原因，众说纷纭，多数认为是她不满意白求恩的火爆脾气，也有人认为，是这个年轻姑娘忍受不了黄土高原的艰苦生活，悄悄溜回了加拿大，嫁人生子，度过余生。

但她活着时，却信誓旦旦地对采访者声称，是白求恩在延安时甩掉了她！

想不到，这个女人的遗嘱，竟然是把骨灰送回到白求恩的墓旁！那么，她的子女会同意这种安排吗？孩子们难道不希望把母亲葬在父亲的身旁，留在故乡加拿大的土地上？

栗政委说，就是她女儿亲自把母亲的骨灰送到这里埋葬的。

我暗暗惊怵，悔意顿生。《尺素天涯》，发表得过于仓促了！

14

那年秋天，从太行山回到滑铁卢大学之后，我展开了对这位女护士的生平调研，试图解开她当初离开白求恩医疗队之谜。

从照片上看，当年的尤恩虽是个芳龄二十六岁的年轻姑娘，但她身材高大健硕，面容朴实憨厚。依照中国人的审美观，丰满有余，灵秀不足。

像凯瑟琳一样，这位白人姑娘也有个美丽的中文名字：于青莲。国内通常把她翻译为琼·尤恩。但我觉得，琼的发音，离英文差之甚远，最终决定，还是采用更加贴切的音译"珍妮"，来描述这位颇具传奇色彩的加拿大女性吧。

珍妮的父亲汤姆·麦克尤恩是加拿大共产党创始人之一,也是个名震八方的人物。这个来自苏格兰的第一代移民,生了一脸马克思式的棕红色连鬓胡。他曾在加拿大西部的草原省萨斯凯彻温一家垦荒农场里当铁匠,整日围着熊熊的炉火,锻造农具,养活全家老小。

妻子因病去世后,汤姆独自一人拉扯三个年幼的子女,心情沉重,郁郁寡欢。农场主太太是个知书达理的女人,曾在纽约社会主义学院受过教育。她借给了铁匠一本书——《资本论》,希望帮他打发白雪皑皑的寂寞寒冬。谁知汤姆这个血气方刚的汉子受到了启发,在某个北风呼啸的日子里,一狠心,一跺脚,竟然撇下稚龄儿女,独自前往温哥华,投身革命去了。

二十世纪世纪三十年代初,一场轰动加拿大朝野的"煽动罪"大案,涉及八位共产党人被捕受审、锒铛入狱的过程。案件的主角,除了加拿大共产党总书记蒂姆·贝克,还有铁匠出身的温哥华左翼报纸总编汤姆·麦克尤恩。比尔的父亲爱德华,就是根据这件大案与人合创了剧本《八个男人要说话》,替他们鸣冤叫屈的。只不过,此剧在多伦多才上演了一场,就遭到禁演，从此退出了历史舞台，而仅仅作为骄傲的资本，长留在比尔日渐衰退的记忆中，缅怀父辈昔日的辉煌。

也许是在白色恐怖下为了自保而与父亲划清界限？或者是童年时代被父亲遗弃因而在心头留下了难以磨灭的创伤？不知何时，珍妮自作主张，改变了自己的姓氏，删除了前面几个字母，从此变成了珍妮·尤恩。

珍妮在缺吃少穿的岁月里长大成人，从小便养成了敢做敢当的秉性。二十岁出头，护校刚一毕业，为了谋生，她应征前往中国山东，辗转于鲁西北贫瘠的乡村里。四年之间，她单枪匹马，开辟了一个又一个医疗点。除了担任助产士，为乡村妇女接生，大大提高了当地婴儿的存活率之外，这个勇敢的姑娘在环境逼迫下，无师自通，练就了因地制宜、火线救人的一整套赤脚医生式的医疗手段。

珍妮的名声在乡野间广为流传。某个月黑风高的夜晚，土匪翻墙而入，把她劫持到几十里外的深宅大院，为山大王的压寨夫人接生。读到那个身材彪悍、生一脸麻子、姓徐的土匪头子，还有那娇小俏丽、被土匪强占却一见钟情、进而死心塌地追随他的少女，我脑中霍然闪现出《红高粱》中余占鳌和九儿们鲜活的身影。

珍妮冷静地叙述如何面对肮脏贫穷而安之若素、兵来将挡、水来土掩时，我内心生出对这个年轻姑娘由衷的敬佩，同时联想到远在太行山莲花峰下的另一位独行侠式的女子——凯瑟琳。

是什么力量支撑着这些杰出的女性呢？若非心中燃着一盏不灭的灯火，又岂能在黑暗中独自坚守着光明？

数载风雨，几经磨砺，珍妮结束任期，载誉还乡。她很快就在多伦多的大医院里找到了一份收入可观的护士职位，月薪近百。可说是苦尽甘来，终于能够谈情说爱、生儿育女，享受人生了。

没想到，仅仅数月之后，命运之神便将她引领上重返华夏大地之程。

那年秋天，珍妮收到了加拿大共产党组织部长的电话，约她见面，希望派遣她加入医疗队，辅助白求恩的工作。珍妮对自己那一口流利的山东话，向来引以为傲。于是，她兴冲冲地前往纽约，接受面试去了。

在那里，她第一次见到了正在为医疗队募捐讲演的白求恩。

"他那睿智的谈吐、出众的才华，会让所有见到他的女性，都奋不顾身地飞蛾投火。"

这就是白求恩给她留下的第一印象。这种评价中，似乎隐含着年轻姑娘对这位非凡男子的一见钟情。

珍妮也是一只甘愿赴汤蹈火的飞蛾吗？她是否知道，此前已经有好几位左翼阵营的医护人员，有男有女，都断然拒绝了白求恩，不肯跟随他赴华？

珍妮不是共产党员，但她的血液里，却流淌着遗传自真正共产党人的基因。一九三八年一月八日，她以加拿大美国援华医疗队的护士兼翻译身份，与白求恩同船，从温哥华港启航。

医疗队仅有三位成员，由美国外科医生帕尔森担任队长。实际上，美国共产党此前遴选来担任这个角色的，是另一位优秀的人选。可惜，那个年轻的共产党员新婚不久，还在蜜月中，太太拉后腿，死活不肯放行。尽管白求恩口若悬河，能言善辩，也丝毫无用。结果，美国共产党只能临时换上了仓促找到的帕尔森。

帕尔森这位因长期酗酒而患有酒精中毒后遗症的医生，在二十几天的航程中依旧放纵自己，尽情地挥霍享受。他从早到晚泡在船上豪华的酒吧里,一杯接一杯,买醉销魂。而他支付的现金,均出自大家辛苦了好几个月募捐筹集来的旅费。

丹尼斯·鲍克在他的小说《共产党人的女儿》中,不仅虚构了白求恩未曾谋面的女儿,还虚构了一个有趣的情节。白求恩看到酒鬼队长如此厚颜无耻地挥霍公款,忍无可忍。劝阻无效之下,白求恩偷偷溜入了酒鬼的舱室,神不知鬼不觉地拿走了他钱包中剩余的几百美元,保存下来了最后一点经费。

"即便是小说,这种对历史人物的虚构情节,也太离谱了吧?"

面对我的质疑,鲍克只是耸耸肩,未置可否。

想到在大海上航行的那些个日夜,我能够理解白求恩内心燃烧的愤懑与焦灼。也许在登上轮船的那一刻,他已经面对着波涛汹涌的太平洋,痛下了决心,要与酒精彻底告别,脱胎换骨了。岂能料到,上帝的考验降临得也未免太仓促了点,竟然要让他面对近在咫尺的堕落与诱惑。巨大的折磨。时时刻刻。

根据珍妮的回忆,二月初,"亚洲皇后号"途径上海、抵达香港时，医疗队所携带的旅行经费几乎被帕尔森挥霍殆尽，三个人竟然连住旅馆的钱都掏不起了。

白求恩踢桌子，摔椅子，大发雷霆。珍妮对这个混蛋队长也十分不满。但两人却无可奈何。在酒店地下室里供仆人居住的陋室中憋屈了两天后，多亏珍妮联络上了身在汉口的史沫特莱，三人才得以免费搭乘运输机，飞抵武汉。

当然，除了个人品行上的污点之外，信仰上的分歧，也导致了医疗队成员的分道扬镳。

帕尔森不是共产党，因此不情愿帮助陕北的八路军。他坚持要携带医疗物资西去重庆，为正统的国民政府工作。而白求恩却执意要北上延安，珍妮也赞同。

双方激烈交锋、争持不下。最后，在红十字会负责人和史沫特莱的斡旋下，酒鬼队长被迫交出了医疗队的领导权。

不久之后，帕尔森便独自一人返回了美国，并在两年之后死在了纽约。据说，那时他正在参加一次学术研讨会，在会上介绍了他有关治疗酒精中毒后遗症的研究成果。

设身处地思考,也不怪那个可恨又可怜的酒鬼。

医疗队一行三人抵达武汉的日子里,正赶上日军飞机狂轰滥炸。街市上狼烟四起,废墟成片,长江边堆积着来不及掩埋的尸山,医院里躺满了哀嚎的伤员。中国的医生们早已携家带口逃之夭夭了,又怎能期望一个美国酒鬼具备自我牺牲的高尚情操?

珍妮和白求恩在武汉停留期间,花费了整整一个星期的时间,每天都投入在平民医院里救治伤员的紧张工作。此外,他们还用如今掌握在自己手中的医疗队经费,四处奔波,购买了整整十五箱医药。

在汉口的八路军办事处,两人受到了周恩来和博古的欢迎。

珍妮得意地炫耀说,周恩来和邓颖超二人正在悄悄议论什么时,她突然开口,用中文打断了他们,令这对夫妇大吃一惊。

据珍妮说,周恩来曾十分诚恳地告诫白求恩:延安的生活异常艰苦,八路军什么也给不了你们。你们可要做好吃苦耐劳的心理准备啊!

接下来的一个月时光,珍妮和白求恩在一位年轻的八路军干部陪同下,从汉口乘火车北上,到郑州、潼关、临汾、河津、韩城、西安、延安,辗转颠沛,亲历了炮火纷飞,追兵压境,目睹了尸横遍野,血流成河。

史料实在是太丰富了。篇幅所限,这里仅能列举几个镜头,供读者一窥一九三八年早春,白求恩和珍妮相伴而行,在华夏大地上共同沐浴的血雨腥风。

15

列车满载着北上抗日的士兵,晃晃悠悠,抵达了交通枢纽郑州。

白求恩一行要换乘陇海线客车。然而,西去的客车上塞满了拖儿带女逃难的人群。他们三人携带着行囊和十几箱药品,根本无法挤上去。无奈,他们只好在郑州车站的货棚下,混在大批难民中间,打地铺度过了那个寒风瑟瑟的夜晚。

一个逃难的母亲怀抱着大头细身子、严重营养不良的婴儿。珍妮把自己的毛毯借给了他们。

夜里，婴儿饥饿的哭声惊醒了白求恩。他从背囊中翻找出一盒炼乳，让珍妮寻来开水，亲自用小调羹一勺勺喂入了婴儿口中。

母亲感激涕零，说孩子已经饿得好几天没能睡觉了。

白求恩开心地笑着说，但愿他今晚不会再哭泣了。

第二天凌晨分别时，白求恩掏出了几块银元，递到了这位母亲手中。

女人满脸窘迫，推辞不受。

白求恩只好说，"就算我借给你的，行了吧？战争结束后，你再归还我。"

列车西行至潼关，他们下了车。在等待渡过黄河、北上山西的那两天两夜里，白求恩和珍妮见缝插针，为八路军驻地的一批伤兵和附近的村民施行了一连串的手术，此外还包括两名投降过来的日本兵。

令我感到蹊跷的是，无论是白求恩的书信日记，还是珍妮的回忆录里，都丝毫没有提及，在滞留潼关的那两天里，白求恩曾经与罗光普医生有过一次短暂的相会。

罗光普的传记中提到，那段时间，他代表国际红十字会前往中国北方，视察赈灾救援工作。正是那次在潼关匆匆相遇时留下的不愉快经历，造成了罗光普对初次相识的白求恩所产生的误解。而那种误解在长达一年多之后，才在从香港经滇缅边境到贵阳的漫长旅途中，通过凯瑟琳·霍尔小姐之口，得以澄清纠正。

在罗光普的传记中，有如下描述：

二月二十三日那天，罗光普抵达了潼关火车站，在那里碰上了当地的八路军官员。他们颇为尴尬地向他汇报说，加拿大医生白求恩失踪了。

罗光普知道，白求恩是一位著名的胸外科专家，自己作为医生，也曾使用过白求恩发明的那些手术器械。罗光普也清楚，陕北的共产党边区正在期盼这位加拿大医生的到来。可是，正当大家等待渡过黄河之时，白求恩却不见了。八路军告诉罗光普，他这位同胞由于渡河行程一再被推迟和耽搁而生气发怒、焦躁不安。

于是，罗光普下了火车，骑上他的自行车，到附近的村镇四下里打探。很快，他就听说，有人碰到了一个不懂中国话的大鼻子，一副干渴难耐的模样。寻踪追迹，罗光普很快就在一家简陋寒酸的乡间小酒铺里找到了白求恩。见他安然无恙，罗光普才松了口气。两人一同返回了潼关火车站。

……

对这次邂逅，罗光普并不愉快。他觉得，白求恩对加拿大社会充满反感，共产主义色彩过浓，而且还愤世嫉俗。

令人遗憾的是，在中国战火纷飞的荒山野岭里，年仅三十七岁、擅长交际的罗光普遇到了比他年长的外科医生白求恩，两位同胞之间却找不到丝毫共同语言。

回首往事，人们才意识到，白求恩失去了一次多么宝贵的机会，因他未能与罗光普建立起千金难买的友情。

在那段岁月里，罗光普是全中国唯一一个能够冲破国共两党政治冲突所造成的重重障碍，为共产党提供医疗物资的人。

假如罗光普了解到共产党地区的真实困境的话，他肯定会不惜一切代价，甚至采取走私手段，来帮助共产党的。

可惜，这个宝贵的机会白白流逝了。二人分道扬镳，各奔前程。

也许，读者们会感到奇怪，珍妮呢？她不是能操一口流利的中文，才被选派担任白求恩助手的吗？白求恩失踪了，在那个焦急的时刻，她在干什么呢？

白求恩与珍妮，皆属倔强刚硬之人。倘若发生了争执，谁会是妥协的那一方呢？

根据珍妮的回忆，二人之间在性格上的矛盾，在抵达潼关时，已初露端倪。

珍妮在鲁西北乡村四年的独立打拼，锤炼了她敢于漠视常规、土法上马的过人胆识。她曾十分自豪地炫耀说，有一次，她仅仅用两根手指，外加一支竹筷，就取出了伤员腿上的弹片。用得着什么手术刀啊！

在潼关的八路军驻地停留的那两天，珍妮配合白求恩处理伤病员时，偶尔会擅自做主。这种风格，在经过医学院校严格训练的白求恩眼里,简直是不可饶恕的失职。

那天,潼关的百姓抬来了一个腿部受伤后罹患坏疽的青年。白求恩对其检查后,果断地决定,从膝盖以下截肢,拯救他的生命。

手术结束后,珍妮正在打扫残局,一个小脚女人一拐一拐地闯进了房门,索要那只被截断的小腿,以便这个青年将来离世时,能够全须全尾地入土为安。

白求恩听了珍妮的翻译后,大为惊诧。"怎会如此愚昧无知? 都已经二十世纪了啊!"于是,他犯了牛脾气,对珍妮下令,坚决不许把那条生了蛆的烂腿交给小脚女人!

珍妮却未能顶住没完没了的纠缠。或者说,因她对各种陋习早已司空见惯。因此,她悄悄地纵容了小脚女人的心愿。

白求恩发现后,对珍妮大发雷霆,数落个不停。

此外,对于妙龄女子爱美的天性,白求恩似乎也缺乏理解与宽容。

珍妮随身携带着润肤霜和唇膏,在武汉时忙里偷闲,冒着空袭之险还专程去欧洲人开设的理发店里做了个时髦的发型,结果才做到一半就披头散发地仓皇逃命。

这些也都罢了。但当白求恩看到珍妮穿上了一条从潼关集市上买来的阴丹士林旗袍,对着镜子照来照去且自鸣得意时,他终于忍耐不住,冷嘲热讽开了,不但指责她的小资产阶级情调,还讥刺她怎么丝毫没有继承她父亲汤姆的优秀品德!

女为悦己者容。抑或女为己悦容。无论珍妮爱美的动力究竟为何,她都深受刺激,委屈备至,立即反唇相讥,大吵了一架。

不过,即便她对白求恩的严苛与挑剔心生不满,颇有抱怨,甚至还可能略施小计,故意在潼关时甩开他,让他陷入尴尬无助的窘态,四处寻找解渴的地方,但她却不得不承认,在骨子里,白求恩医生毕竟是个值得尊敬的好人。

一路行来,她目睹了白求恩的言行。在武汉飞机场,他坚决拒绝乘坐前来接他们的黄包车,宁肯走路,也绝不容忍被一个中国民夫拉着跑;她也看到了他是如何真诚地善待沿途遇到的弃儿的，不但亲自给他们喂饭，还拿出行囊中的衣服，遮盖在孩子们裸露的躯体上。

因此，吵归吵，闹归闹，当他们在风陵渡下了船，必须要蹚水上岸时，珍妮拒绝了摆渡人索取一块大洋背她上岸的费用，坚持与白求恩一起，挽起长裤，裸露着双腿，蹚过了冰冷刺骨的黄河水。

这个好强的姑娘也许是想给白求恩看看：谁说我是个怕苦怕累、追求享受的娇小姐？你们男人能做到的，我也一样能做到！

珍妮最怕别人拿她父亲说事。在她刚从护校毕业时，恰逢父亲汤姆因言论获罪，遭审判入狱，朝野哗然。她毅然离开了家乡，远赴鲁西北，躲开了舆论是非的包围。

每当有人提及，你怎么不像你父亲那样，她便会冷冷地回击："别拿我和他对比，我从没希望和他一样！"

幼年时便失去了母亲温暖的怀抱，又被父亲甩在冰天雪地的农场里，与弟妹们相依为命，也许酝酿了珍妮心中对父亲矛盾复杂的感情。一方面，她怨恨父亲抛家弃子干革命的冷酷无情。另一方面，她又何尝不在拼命努力，希望以出色的成就，赢得父亲对女儿的青睐呢？

白求恩与汤姆同是加拿大共产党员，也属同龄人。也许，在珍妮对白求恩的潜意识里，不知不觉间混杂了一个女儿对父亲所怀有的复杂感情。除了崇拜、迷恋、敬重、服从，那里面何尝没有撒娇、讨好、耍赖与任性？

16

跨越黄河，进入山西境内，这辆满载着八路军官兵的列车走走停停，逶迤北上。

车厢里，几个豆蔻年华的女学生，抱着木兰从军般的兴奋心情，说笑不停。在口琴的伴奏下，她们用纤细的嗓音唱起了刚刚学会的抗日救亡歌曲。白求恩受到感染，也弹起一把不知从何处找来的六弦琴，加入了她们的欢乐。

咣当咣当，走着走着，歌声、琴声、笑声便都戛然而止了。

从北面下来了大批溃退的国军残兵，缺胳膊少腿，搀扶着逃命。更多的，是躺在路边、奄奄一息的重伤员。里面还有年仅十二三岁的娃娃兵，捧着汩汩淌血的肚肠，睁大绝望的双眼，凝视着天空。

车至临汾，瘫在铁道上，无法继续前行了。

娘子关阻挡日军的战役失败，大批国军部队的伤兵从晋中战场溃退。位于洪洞的国军司令部已经撤离。敌人尚在几十里开外，飞机却已捷足先登，频频掠过头顶，不分人畜，狂轰滥炸。铁路沿线的村庄里，死伤的男女老幼不计其数。

怎么办？已经不可能按照原计划，前往五台山，抵达八路军的敌后司令部了。面对着眼前的混乱局面，白求恩和珍妮一筹莫展。好不容易熬到夜幕降临之后，他们才终于爬上了一列从临汾撤退的货车，躺在装满大米的麻袋顶上，缓缓南下。

可是半夜醒来，却发现火车停在了一百里外的小站高显，不再挪动了。

黑暗中，从嘈杂的吵嚷声里，珍妮得知，火车司机偷偷溜走了，只剩下了烧火的司炉。她忍住了惊慌，没敢马上把这个糟糕的消息告诉白求恩，生怕他会火冒三丈，再度发脾气骂人。

在小站耽搁的那段时光里，面对一群群连滚带爬、仓皇逃命的国军伤兵，白求恩竭力克制着内心的焦虑，拿出从武汉购买的医药，在珍妮的协助下，就地为那些拖着残肢的伤兵们施行缝合、截肢手术。

傍晚，实在是累极了。白求恩和珍妮靠在车站附近一棵老桑树下喘息。刚刚合上眼，珍妮却发现有液体滴落在自己裸露的手腕上。仰头搜寻，才骇然发现，树梢上挂着一具穿了红裤子的小小的尸体。那是被日军飞机炸上天，又落在了树杈上的儿童。

珍妮惊恐万状，推醒了白求恩。看到树顶上的儿童尸体，白求恩悲愤地仰天长叹："哦，上帝，看看这该死的世道吧！"

两天之后，八路军派来接应医疗队的三名士兵终于赶到了高显，护送着他们一路步行南下，朝几百里外的黄河畔撤退。货车上那一袋袋大米，丢给日军实在可惜。于是，士兵们就地雇佣了几十辆骡马大车，把大米全部装上，一同拉走。

然而一路行来，沿途的国军伤兵听说了这位救死扶伤的洋大夫，便蜂拥而至，使他们寸步难行。面对着一个个伤痕累累、腐烂流脓的躯体，白求恩义不容辞地操起了手术刀。

珍妮急了，飞机就在头顶盘旋，日本人马上就要追上来了！

白求恩却镇定自如地笑着说，别担心，来得及！

拖到最后，就连带队的八路军战士也慌了神。他的任务是必须护送白求恩安全渡过黄河。于是，他给赶车的民夫们下了死命令。无论谁拦车，都不许停下来。这才终于脱身。

谁想这列长长的骡马队目标太大，在无遮无拦的汾河平原上，彻底暴露于敌机的视野下。一阵惊天动地的俯冲扫射后，眼看着骡马、车夫和士兵鲜血淋漓地躺倒在眼皮子底下，珍妮吓懵了，坐在地上掩面哭泣。虽然在山东工作过几年，这种残酷的场面，她还是第一次面对。

白求恩则早在第一次世界大战的欧洲战场上以及西

班牙战场上就熟悉了眼前的一切。他一面为伤员包扎伤口，一面幽默地对珍妮说：

"人生在世，必经两次洗礼。一次用水，一次用火。眼下嘛，你算是完成火的洗礼了。"

受伤的骡马无法拉车了，躺在地上痛苦地呻吟。

白求恩看着它们，心生怜悯。他转过头来，向战士索要长枪，战士却不给他。于是，他掏出匕首，咬着牙，用力割断了三头骡子的动脉，眼看着可怜的家伙们踢蹬着伤腿，咽了气，结束了尘世痛苦的使命。

好不容易进入了降州城，他们下榻的小客店里，立即又涌入了成群的伤兵。于是，连气都没来得及喘上一口，两人又开始了马不停蹄的工作。治完了伤兵，又治百姓。一路行来，前前后后，总共救治了数百人。

多年后，珍妮在回忆录中说，我们从武汉携带了将近两吨重的医疗物资，但是，才行进到黄河附近，尚未渡河，就所剩无几了。带来的吗啡片也全部用光了。白求恩就用当地购买的白酒，溶解了鸦片，作为麻醉剂，效果还奇佳。

珍妮累得筋疲力尽，躺倒在土炕上，呼呼大睡。酣睡中,她却被白求恩叫醒,劈头盖脸地挨了顿批评:"你简直是给你父亲丢脸!"

珍妮觉得受了冤枉,与白求恩又大吵了一架。起因很简单。她给一位老乡的伤腿包扎好的绷带,竟被老乡悄悄拆下来,卖给了旅店的店主,换了几个零用钱。白求恩发现了老乡裸露的伤肢,却误以为是珍妮再次玩忽职守!

第二天清晨,天色微明,他们便蹚着齐腰深的冷水,抢渡汾河。

珍妮说,她可以穿着内衣,游泳过河。白求恩却阻止了她,认为那样不妥,担心她会成为众目睽睽之下的一道奇特风景。

于是,珍妮坐在一把椅子上,由四个村民抬着过河。没料到一不留神,珍妮仰面朝天摔入水中,浑身湿透,狼狈不堪。

一片哄笑声中,白求恩那无遮无拦的爽朗大笑也传入了珍妮的耳膜。姑娘又羞又恼,白皙的面孔涨得通红。接下来的一整天里,她都固执地不与白求恩开口说话。

有谁知道呢，也许从那一刻起，年轻姑娘就已经在暗地里赌气了：有什么了不起的？别得意！等着瞧吧，早晚得甩下你这个傲慢自大的医生，让你独自一人应付那些听不懂英文的中国人去！

17

根据白求恩留下的记录，在临汾车站被阻滞留的那个白天，他曾匆匆进入小城，四下里寻找八路军办事处。当然，语言不通，人地生疏，他只能是无功而返。

这一天，是二月二十六日。

写到此，我却想到了另一幕场景。忍不住想赘笔数言。

那年一月，萧军、萧红、端木蕻良、聂绀弩、艾青等作家诗人，从武汉出发，经过长途跋涉，于二月六日抵达晋南小城临汾，进入山西省省长阎锡山刚刚组建的民族革命大学。其中几位，应邀担任了该所大学的文艺指导员。

此时，丁玲所率领的西北战地服务团，也从潼关来到了临汾。这批作家邂逅于尧都古城，度过了一段充满诗意的浪漫时光。太原会战打了几个月之久，双方死伤惨重。但前线的硝烟炮火，似乎影响不到他们什么。众人每天聚在城西铁佛寺幽静的禅房后院，赏风吟月，对酒当歌，开怀谈笑，长夜无眠。

二月底，前方兵败如山倒。日军逼近小城。文人们慌忙撤离临汾，沿途南下，转赴西安。

屈指一算，那段时光，正值白求恩与珍妮乘坐北上的列车，抵达遭敌机轰炸的小城，在危难中辗转彷徨的时刻。在火车站逃难的人群中，这两批人马可曾擦肩而过？

今天的文人墨客们津津乐道的，是不厌其烦地挖掘二萧、端木、丁玲等人在小城逗留时所卷入的多角恋爱与桃色纠纷，喋喋不休地纠缠于究竟是何缘由导致了这几对文坛佳偶分道扬镳、重新排列组合。

而我所感叹的，却是这群提倡救亡文学的青年作家与白求恩医疗队失之交臂的遗憾。

在那个华夏大地多灾多难的早春，白求恩以生动朴实的文笔，详细记述了一路见闻。

我们抵达了临汾火车站。城里空空如也，而火车站却挤满了拖家带口、背着铺盖卷逃难的人群。满眼皆是受伤的士兵，四肢和头上缠着沾满血污的绷带。日本飞机在头顶飞过，用机枪扫射。八路军司令部已经搬走，无人知道去了何方。

……

我们这支有四十二辆马车的长队，彻底暴露在一片开阔的原野上。周围光秃秃的，没有一棵树、一块石头能做掩护。飞机俯冲下来。一共有四个人受了伤，损失了十三头骡子，另有十二头受了伤。

珍妮在她此生遇到的第一次空袭中展现出勇气。轰炸机离开后，她立刻开始给伤员们包扎。

重新上路时，队伍仅剩下二十辆大车了。那个受伤的车夫最关心的是他的骡子，当听说他的三头骡子都死了之后，忍不住哭泣起来。八路军立刻给他赔偿，每头赔了一百元。难怪农民们都拥护八路军，因为这支军队绝对不会欺压那些贫困无助的人。

……

几天来,我们遇到了几百个伤兵。长官丢下他们不管,伤口未经包扎,都已化脓。他们忍受着一切,毫无怨言。大部分伤兵我们都给了钱,让他们买米吃。随身携带的急救包,很快就已告罄。但我们在较大的集镇上购得少量的绷带、纱布、棉球和一些高锰酸钾。有了这些东西和吗啡片,就能给沿途遇到的伤员敷药包扎了。

一个小伙子才十几岁,外衣前襟上洇染着一大片血污。一个星期前,他被子弹穿透了肺部,伤口已腐烂化脓。这个孩子就这样徒步行走了整整一个星期。我们把他放到马车上,在崎岖不平、尘土飞扬的路上缓缓前行。

……

我们与日军之间已无任何屏障,思来令人恐惧。双方在展开竞赛,看谁率先赶到黄河畔。只要过了黄河,就没什么危险了。假如我穿越过大半个地球,还没找到八路军,就被敌人俘虏了,那可就倒霉透了。

……

今天我们离开河津，前往黄河东岸的禹门渡口。听说前天我们经过的那个村庄已被日军放火烧毁了。晚上九点钟，我们趁着漆黑的夜色赶到黄河边，看到了让人终生难忘的景象。

河边堆积着五千人，其中一千多是伤兵，还有卡车、马车、大炮和物资，都在排队，等候渡河去陕西。陡峭的崖壁上反射出火把的亮光，湍急的河水从山崖间奔腾而过。水流中夹杂着巨大的冰块，在漆黑的河面上撞击，似万马奔腾。

我们的船夫是一个男孩。他用一支长篙，顺流而下。利用水流的漩涡，将船只停靠在对岸。

……

三月六日，天气奇冷。疾风吹过，尘土飞扬。

下午四点时，日军抵达了黄河东岸，就在我们对面。我和一群人正准备去河边把我们的物资运回来，突然就遭到了机枪扫射。子弹打在了眼前的水面上。

……

此时此刻，白求恩还不知道，隔着大西洋，地球的另一边，《纽约时报》已刊登出消息：加拿大美国援华医疗队的白求恩大夫在炮火中命丧黄泉。

读书至此，掩卷长叹。忽然感到，那些躲在临汾小城中卿卿我我、争风吃醋、勾心斗角、隔江犹唱后庭花的红男绿女们，在大时代的背景下，竟显得如此苍白、琐碎、渺小、无聊。

直到后来读到萧军的《延安日记》，注意到白求恩的故事曾在这个文学青年心头激起的涟漪，我才略感释怀。

一九四三年五月九日：

准备搜集白求恩与刘志丹的材料。王慈吾医生和我讲了些关于白求恩大夫的故事，使我很感动，还有刘志丹，我预备有时间搜集关于他们的材料，预备写些什么。白求恩是加拿大人，由该国共产党派到中国，以肺部开刀著名，为世界第二名手。性情平时温和，工作时严厉，治疗伤兵不主张医生戴口罩，怕增加伤患心理恐惧。自己亲自去抢救伤兵。一次为伤兵开刀，割破自己手指，浸入溃脓，得败血症，如割只手还可活，但他不愿不工作而活着，终于死了。这是伟大的悲剧。有工夫我预备去访问曾做过他助手的人们。

一九四四年十一月十五日：

上午读了两篇文章。《诺尔曼·白求恩片段》——这是叙述一个加拿大共产党员医生来中国服务而牺牲的令人惊叹的经过。作者很能把这人的"无我"强烈的服务精神和正直严肃的性格描写出来，很能感人。这是一篇好文章，它比一些无聊的空洞小说式的东西要有意义。读过了，为了要向这作者——住在我隔壁的周而复，一个由正式大学文科出身的三十几岁的青年人——表示自己一点鼓励的意思，想说几句称赞的话，偏赶上他不在，但我还要告诉他，这作者是有着可喜的创作前途的人。

一九四四年十一月十六日：

我把关于"白求恩"的意见说给了周而复，他也认为自己后面是匆忙了，没有能够把感情等凝结起来。他大概为了酬答我的好意，竟送来了几只腌辣椒，这是我所爱吃的。

18

那年的三月底，白求恩与珍妮历尽艰辛，终于踏入了古城延安。

安顿下来的当晚，接近午夜时分，两人已在简陋的窑洞式招待所里，爬上土炕，各自睡下了，院子里却突然响起了匆匆的脚步声。

警卫员叫醒了珍妮，说毛泽东主席要接见白求恩大夫。

二人的兴奋之情自不待言。匆匆整理好服饰，临出门时，白求恩随口对珍妮说了一句："其实你用不着同去。"

珍妮立即反唇相讥:"哼,只要我还没被加拿大美国援华医疗小组除名,我就有资格一同前往!"

"唉,你误解我的意思了!"白求恩匆忙解释。也许,他的确以为,劳累了一天的年轻姑娘希望能早点休息呢。真是话不投机半句多。若是换成莉莲,沟通会这么困难吗?

中国有不少艺术创作,绘制了毛泽东主席与这两位加拿大人在窑洞里秉烛夜谈的场面。他们谈了多久?谈了哪些内容?珍妮为我们今天留下了珍贵的素描:

警卫员告诉我,毛主席通常在夜深人静时工作,而且只接见重要人物。

在他的带领下,我们穿过了城里黑暗的街道。沿途不时听到有人大声问询,谁啊?

到了毛主席居住的地方,守在门外的卫士掀开了厚重的门帘,我们迈入了一间光线幽暗的窑洞。

靠墙立着一张做工粗糙的桌子,桌上一支高高的蜡烛燃着火苗。金色的光焰洒在桌上摆放的一大摞书籍和报纸上、洒在低矮的窑洞顶、洒在脚下的泥土地上。

一个男人面朝门口，站在桌子旁，一只手按在书的边沿上。他穿着和延安的八路军战士们一样的蓝色棉军装，但头上却戴着一顶缀有红星的八角帽。投在墙壁上的影子突显出他高大的身材。飘忽闪烁的烛光为此情此景增添了神秘的气氛。

他微笑着朝我们走过来，口中说着"欢迎""欢迎"，伸出他修长柔软的大手，紧紧握住了白求恩的手。好大一会儿，两个男人互相凝视着对方，默然无语，接下来，他们便像亲兄弟一样紧紧拥抱在一起了。

主席宽阔的前额上留着浓密的黑发。他微笑着与我们在桌子旁坐下。他的秘书说一口流利的英语，所以我卸下了翻译的重担。

稍事寒暄并谈及我们在山西遇到的困阻之后，白求恩伸出双手，把自己的加拿大共产党党证呈递到毛主席面前。那是印在一块雪白的丝绸上面的，有总书记蒂姆·贝克的签字，并盖有党的印章。

毛主席郑重其事地接过来看了，然后对他说，我们将把你的关系转入中国共产党,从现在起,你就是我们中的一员了。

此时,主席好奇地问我,你是在哪里学了这么一口流利的中国话的?

谈话很快涉及五台山的八路军和游击队,那里急需医疗援助。白求恩无疑将会有用武之地,但他不敢肯定,我是否能适应那里异常艰苦的环境。

整个谈话期间,我们一杯接一杯不停地喝茶,一把又一把地吃着花生米、葵花籽。在这片贫瘠的土地上,这些就是最好的待客茶点了。

毛主席问我道,你有没有觉得,白求恩大夫长得很像列宁?

我一听就笑了。秘书告诉了白求恩,我们在议论他什么。

白求恩听了,十分高兴,露出受宠若惊的神情。的确,有些时候,他看上去真的和列宁有些相像。

我们四人的谈话越来越热乎。黑夜就像长了翅膀一样,转瞬就消逝了。不知不觉间,已是四月二日的凌晨。东边山峦上露出了黎明的曙光。远处传来了鸡叫声。

根据珍妮的叙述,毛泽东主席接见他们的日期,应当是在四月一日深夜。接下来的一个月里,白求恩和珍妮在延安忙得不亦乐乎,一面在傅连暲和马海德的领导下,协助边区医院改进工作,一面给抗大的青年学子们做世界形势报告。

这期间,白求恩勤奋笔耕,撰写了大量散文通讯,用热情洋溢、挥洒自如的笔触,向西方世界介绍了汇集在延河畔宝塔山下的这支中国革命的生力军。

与此同时,在豫东教会医院工作的加拿大传教士理查德·布朗医生也赶到了延安,令白求恩喜出望外。

原来,白求恩和珍妮在汉口停留时,与这位加拿大同胞偶然相遇,曾竭力动员他加入医疗小组,共同为八路军服务。随着美国酒鬼帕尔森的离去,医疗队只剩下了白求恩这一名医生,严重缺乏人手。

白求恩对布朗说,"如果你能加入进来,咱们三个全都是加拿大人,就不该再叫做加拿大美国医疗队了,而是纯粹的加拿大医疗队!"

布朗医生四十上下的年纪,谦卑低调,性情随和。他那时已经来华工作多年了,能说一口流利的河南味儿中文。白求恩对他赞不绝口,显然二人十分投缘。

可惜,布朗暗自担忧,他所隶属的教会系统不敢得罪日本人,因此,他只能利用自己的三个月假期,悄悄来到陕北,助白求恩一臂之力。

在白求恩的陪伴下,布朗也见到了毛泽东主席。事后,布朗曾对珍妮说,没想到毛泽东竟然是一个如此谦和儒雅的君子,完全不像国统区媒体所妖魔化的那样。

布朗自告奋勇,前来帮助八路军,毛泽东当然感激备至。因此,当布朗提出了唯一的要求,希望能为延安地区的基督徒们做一次布道讲座时,毛泽东也毫不犹豫地欣然赞同了。

读到此,我心中又生出了疑问。

在罗光普的传记中,曾记叙说,罗光普在汉口时,特意招募了一位能讲中国话的布朗医生,加入红十字会的工作,和他双双结伴,同抵延安,与毛泽东、周恩来、朱德亲切会面,了解共产党地区军民的医疗需求。

奇怪的是，无论是在白求恩的书信中，还是在珍妮的回忆录里，他们俩都记叙了布朗医生在延安的活动，但却只字未提及罗光普医生曾经与布朗同时出现在延安，并同时受到了中国共产党领导人的接见。

究竟谁的记录更真实可信呢？难道说，长期处于颠沛流离的战争岁月中，很多人的正常思维都被搅乱，造成了记忆错位？或者仅仅因为党派政治的隔阂，人们就选择了无视事实、随意剪裁历史？

果真如此，十分不幸，历史就真如胡适所言，成了任人随意打扮的小姑娘了。

珍妮描述了中宣部邀请他们三人看电影的经历。那是一部在露天场地放映的苏联电影《夏伯阳》。天还没黑透呢，银幕的前前后后，四周的房顶上，都已密密麻麻地挤满了人，针插不进，水泄不通。除了延安各党政机关的干部，远近十里八乡的老百姓也都携家带口，前来观看这传说中的西洋景。

电影放映完后，毛主席简短地讲了话，介绍了三位从加拿大远道来华救死扶伤的医护人员。此时有个小鬼建议，让加拿大的医生给大家唱一首歌。

白求恩大大方方地站起来,唱了一首流行小调《乔·希尔》,那首歌纪念了一位领导罢工运动而被判死刑的美国左翼运动领袖。当布朗把歌词大意翻译成中文后,赢得了全场热烈的掌声。

这是一个延河上闪烁着流萤、空气中洋溢着欢乐的迷人的春夜。

大家回到招待所后,仍然兴奋得侃侃而谈。夜深后,白求恩、布朗、马海德三人一同来到珍妮的窑洞,建议她尽快动身去西安。

原来,医疗队从加拿大温哥华出发时,随轮船携带了大批医疗设备,抵达香港时,暂存在那里,眼下却已经运到西安了。珍妮的任务,是去迎接这批医疗设备,并顺便在西安城里尽量多采购一些药品,一并带回延安。然后呢?他们三个加拿大人将同时从延安出发,前往五台山前线。

扑朔迷离、矛盾分歧的说法,自此拉开了序幕。

19

根据珍妮的叙述,她在第二天一早,也就是四月二十日那天动身,乘坐一辆从延安出发的大卡车,前往西安。可是,途中遇到了暴雨,道路泥泞,无法前行,耽搁了两日。等她几天之后抵达西安时,在东城门外,巧遇那两辆从南方过来、满载着医疗设备的大卡车。双方简短交谈之后,大卡车随即顶着暴雨,继续北上延安了。

至于珍妮呢?她在西安究竟停留了几天?那些天里,她都做了些什么?

语焉不详。

她只是轻描淡写地提到,在西安的宾馆里,她偶然遇到了美国驻华使馆武官伊文思·卡尔森上尉。后者不但给她带来了一批隔洋转来的信函,还表示,希望与她同赴延安及河套地区,考察那里的抗日游击队情形。

珍妮直言不讳,她觉得,与卡尔森上尉相处的几天，十分愉快，于是，两人搭伴启程，同来延安。

当她与美国上尉返回延安后，恰好赶上了五一国际劳动节。珍妮详细描述了在城里举行庆祝活动时的热闹景象。除了盛装打扮的军民游行队伍，她特别提到了毛泽东长达三个小时的对公众讲话，还有紧随其后的军民联欢。她吃着糖果瓜子饼干，观摩了俄国电影《假如明天战争》，还惬意地享受了款待贵宾的酒宴。

蹊跷的是，她接着记叙，当天晚上电影结束后，她与卡尔森上尉回到招待所时，却发现白求恩和布朗两人已经不辞而别，离开了延安，并随身携带走了属于珍妮的所有个人物品！

其后，马海德大夫来到招待所，向她解释了那两个医生为何要离开，并请珍妮自便。

珍妮强调，马海德的那些说辞，无法自圆其说。她因此怒从心起，无法释怀。

这究竟是怎么回事呢？

在白求恩邮寄给莉莲的那张他与毛泽东合影的照片背面，我看到了白求恩的亲笔留言："白求恩与毛泽东，一九三八年五月一日，延安"。

仔细琢磨照片上显示的场景和坐姿,毛泽东和白求恩似乎并肩坐在长条板凳上,脸朝前,似乎是在观看什么。

想到珍妮对欢度五一节盛况的描述,那么,无论是在看电影,还是在开会,白求恩与珍妮应该都同时在场。可以断定,五月一日当晚,白求恩还在延安。

查验白求恩留下的书信,我进一步了解到,他和布朗是在五月二日离开延安的。那么,珍妮叙述中出现的这种时间上的误差,究竟是如何产生的呢?更为重要的是,究竟是谁甩掉了谁?

我们先看看白求恩在写给总书记蒂姆·贝克的信中,提到与珍妮的相关消息时,是怎样描述的吧。

我们昨天离开延安,正在去前线的途中。我们乘坐的是大卡车,也只有道奇这样的卡车才经得起山路的颠簸。

……

我们在四月十二日领到了一百元。这是八路军给我们的生活费,珍妮和我每人五十元。你肯定理解，我们走到今天这一步，实属迫不得已，因我们已腰无分文。

……

听说北美运来的物资已到了西安，我们便委派珍妮亲自去取。现在物资都到了，可是珍妮却还没回来！我给她发了两封电报，但都没有回音。我的第二封电报说，布朗医生和我四天之后要去前线。我们在延安也给她留了口信，如果她回到延安，就立刻向前线出发，看能否追赶上我们。

诺尔曼·白求恩　五月三日

在另一封信中，白求恩写道：

我们于五月二日星期一离开了延安。这里有一百七十五名伤员，分散安置在村民的家里。看见他们，会让你心痛。他们都躺在硬炕上，上面只铺着一层稻草，身上爬满了虱子。有三名战士连衣服也没有，蜷缩在薄被下，其中一个失去了双脚。败血症和饥饿正在侵蚀着他们的生命，有些人已经感染了肺结核。

加拿大必须帮助这些人。他们正在为中国的解放和亚洲的自由而奋斗。

我知道我们也很穷，西班牙还需要我们的帮助，但是，这些从来不抱怨的人们比西班牙更需要我们的帮助。

五个月以来，纽约的援华委员会一点回音也没有，无论我们如何发电报，写信，他们都只字不回。

我无法向毛泽东解释这些，我深感羞愧。加拿大能不能单独筹集资金，使我们的医疗队在费用方面不再依赖已经非常困难的八路军？

不知道珍妮出什么事了。四月二十日那天，她去西安，准备带回我们从美国购买的设备。临行前我嘱咐她，要打电报跟我们联系，并且要尽快赶回来，因为布朗和我都急着要去前线。她当时也答应了。她走的时候，把她的个人物品也都留在延安了。

两天之后，我们的药品就到了。可是珍妮却没有回来。听说她住在西安的宾馆里。马海德告诉我们,那样做很不安全,只有住在八路军办事处才是安全的。我给她发了两个电报,让她立即回来,因为我们马上要去前线了。

我们是五月二日出发的,临走的时候,我们让马海德转告她,她回来之后,可以自己选择,是跟我们走,还是留在西安工作。

我们在路上翻越了几座山。布朗和我都觉得,假如珍妮追上来,她也不会愿意爬山越岭的。直到此刻,她也没露面。自珍妮走了之后,也没收到过她的信或是电报,我不知道她此时身在何方。

诺尔曼

一九三八年五月二十三日,于陕北沙峁河畔的贺家川

20

根据上述信件,还有白求恩在日记中赞扬珍妮面对

困境时的坚强勇敢，似乎白求恩丝毫没有嫌弃或者想甩掉珍妮的打算，否则他为什么会带上了属于珍妮的私人物品一起出发去前线呢？那岂非恰恰证明，他盼望着珍妮与他同行吗？

在他后来的信件中，曾数次流露出对珍妮无法适应前线严酷环境的隐隐担忧。凡是白求恩提到珍妮的那些话语，包括对她面临轰炸时临危不惧的赞扬、对她失踪后的焦虑不安，以及对她处境的牵挂，无不透露出身为长辈的他对年轻一代诚恳的鼓励、真切的关怀。

那么，就只有一种可能性了：是珍妮故意拖延迟归，甚至故意在公共场合躲避开白求恩，结果就形成了五一节那天，两人明明同时都在延安城内参加军民联欢，却没有机会单独碰面的奇怪情形。

可能吗？可能。

据说，珍妮的一生中曾多次采取突然间不辞而别的方式，离开身边亲友，给人留下愕然、焦急、悬念。

为什么呢？

在女权主义尚未获取立足之地的年代里，也许，这个自尊好强的年轻姑娘，当受到他人的忽略与轻视、得不到她极其在意的平等与尊重时,便会采取这种唐突决绝的方式,引起对方的惶恐和烦恼,作为她小小的回敬吧。

孰知此种孩子气的招数,不是来自童年时父亲留在她心头的阴影?

不过,珍妮虽然年轻气盛,耍了小性子,但当她冷静下来后,还是个能识大体、顾全局的好姑娘。因此,五月三日,她便匆匆乘卡车北上,追赶白求恩一行。

可惜阴差阳错,行至清涧时,因那里的八路军伤员需要她,耽搁了一些时日,等她好不容易追赶到山西岚县,抵达贺龙部队的驻地时,白求恩和布朗却又早已离开那里,去了五台山。

错一步,错一生。此后,珍妮再也没有追上那远去的身影。延安的分手,造成了她与白求恩在人间的永别。

从那年五月起,珍妮又在中国停留了整整一年。没有人再来约束她了,她获得了彻底的自由。于是,她单枪匹马,独往独来,按照自己的心愿,惬意地做出了多姿多彩的选择。而她跨出的每一步,都似乎坐上了九死一生的命运过山车。

　　这一年中,她曾在雁北贺龙一二零师的医院里,协助救治大批平型关战役后遗留下来的伤兵,并经历了日军屠城的惊恐。她毕竟是个年轻姑娘,坦率地承认谁是她最喜欢的八路军将领,且念念不忘贺龙与她风趣的对话。

　　她曾在陕北绥德,一面抱怨,一面奉命把几十个近乎文盲、大字识得还不如她多的红小鬼,调教成手脚麻利、以一当十的战地医护人员。

　　她曾在湖北跟随王炳南王安娜夫妇一起躲避日军轰炸,在沉入长江的船只上丢失了所有行囊,包括她珍贵的胶卷与日记,所幸最终死里逃生。

　　她曾在湖南跋涉于洞庭沼泽、历经长沙大火,几乎丧命。

　　她曾在周恩来的关怀下,随几名外籍男性穿越滇缅森林,辗转香港避难。

　　她也曾在终于抵达上海、即将启程回国之际,因史沫特莱的鼓动,又转赴皖南泾县,为新四军运输医药,培训卫生人员达数月之久,并深获叶挺的赞扬。

也许,她毕竟是个年轻女子,适应不了这种时刻充满死亡威胁的游戏,也许,她内心还隐藏着不便言说的缘由,总之,在一九三九年五月底,珍妮突然告病,匆匆离开皖南新四军驻地,从上海乘远洋轮回国了。

据加拿大的索尼娅·格瑞普玛教授所言,珍妮在抵达温哥华之后不久,就在父亲的介绍下,嫁给了一位从西班牙战场归来的加拿大共产党员,并于当年九月生下了她的女儿。

十月怀胎,一朝分娩,此乃常识。女儿的生父是谁呢?

珍妮对此讳莫如深,守口如瓶,至死也未透露出丝毫线索。但在她一九八七年十月底离开人世之后,加拿大广播公司报道了她留下的遗嘱,是让女儿把她的骨灰送到中国埋葬。因为,"我的心留在了那片土地上"。

来年春天,当缤纷的野花把太行峻岭点缀得万紫千红时,珍妮的女儿劳拉手捧母亲的骨灰,远渡重洋,来到军城东山脚下的烈士陵园,把她安葬在了白求恩墓旁——那片她曾抛洒过青春热血的土地上。

21

梳理珍妮的足迹,我排除了白求恩在人间留有骨血的隐秘的期望。仔细分析她的行踪之后,我进一步断定了,珍妮女儿的父亲,并非中国人。

坦白地讲,我心中不无遗憾。

可以想象,那年深秋,当珍妮初为人母,搂着襁褓中的婴儿,在故乡宁静的土地上获知白求恩逝世的消息后,这个女人一定曾深受良心的谴责,懊悔自己少不更事,任性妄为,辜负了加拿大和美国共产党组织对她的信任,辜负了八路军战友对她的期待,抛下白求恩,孤独一人,面对死亡。

长期的营养不良,疯狂的日夜工作,极大地损耗了白求恩健壮的体魄。他骨瘦如柴,免疫力低下,身上的伤口屡屡感染,经久不愈。可他凭着顽强的意志,一次次挺过来了。

但在最后的日子里,当败血症迅速蔓延、无药可治时，八路军战友们曾建议为他截肢，以挽救生命，却被白求恩拒绝了。

失去了手指，还怎能担任外科医生？

他选择了玉碎。他十分清楚，等待着他的，将会是什么。

然而，这一天的到来，难道不是他早就准备好的吗？

通过献身于中国人民的解放事业，白求恩彻底地脱胎换骨，洗清了西班牙战场留在他身上的尘埃，完成了一个英雄的涅槃。

在回光返照的最后那个黄昏，他在黄石口的农家小屋里留下了今天我们大家都知道的遗嘱，坦然地离去了。

也许，自从收到白求恩医生与世长辞的噩耗，在接下来那几十年的岁月里，珍妮常常会在夜半惊醒，陷入深深的忏悔与自责。

珍妮曾远赴加拿大东部，到烟波浩渺的安大略湖畔，探望白求恩的母亲，给那个风烛残年的老人，带去真诚的安慰。

不论珍妮和白求恩之间曾有过哪些龃龉，她的血液里，毕竟默默地流淌着父亲的刚直不阿。当加拿大的右翼势力采访珍妮，诱导她撰写回忆录，指责白求恩的个人品行时，她坚决地拒绝了。在珍妮临终前出版的那部回忆录中，真实地记载了她对白求恩人品的高度评价。

对历史的解说，本来人们站在不同的角度，对同一件事的阐述就可能千差万别。更何况有些时候，某个片段被一些人看到了，却被更多的人所忽略，因此就留下了永远无法解开的谜团。

珍妮身后留下的谜团，不仅仅是女儿的父亲究竟是谁的问题。令我愕然的，是在她回忆录结尾时的一个小插曲。

她提到，在一九三九年初夏离开上海、乘远洋轮返回加拿大时，突然在船上看到了布朗医生。虽然他住在头等舱里，但他们俩曾数次在甲板上遥遥相望，甚至有一次还擦肩而过。

珍妮确信，布朗应当也认出了她，但他却仿佛与她素不相识，形同路人。

轮船抵达日本神户时，布朗医生下了船，在码头上受到一大群日本人的迎接。他们争先恐后地向他鞠躬致敬，热闹喧嚣。

珍妮说，"直至看到那一幕场景，我才恍然大悟。"

她究竟悟出了什么？难道她对布朗医生的人品有所怀疑吗？

我脑中浮现出很多人都见过的一张照片：白求恩、贺龙、布朗三人，亲如兄弟般勾肩搭背，倚靠在雁北山村一家农户的花砖墙上。

布朗脸上含蓄矜持的笑容，透露出他温和善良的本性，与白求恩的坦率豪放、贺龙的坚毅果敢，形成了鲜明对照。

猛然间，我想起了罗光普传记中曾经出现的短短一段记录。

一九三九年夏天，罗光普收到了布朗托人带来的口信。

布朗说，一九三八年夏天，他结束了在五台山的三个月假期之后，就离开了共产党游击区，到黄河南岸转悠了一段时间。然后，他通过了日本人占领区，返回到他曾经工作的位于豫东商丘的教会医院。他目前留在那里，努力把遭到日本人破坏的医院恢复起来，继续运转。

带口信的人提到，布朗医生似乎患了严重的精神病。与白求恩和八路军相处那几个月的经历，使他变得郁郁寡欢，且精神错乱。

难道说，珍妮在轮船上看到的那个装作不认识她的布朗，当时已经精神不正常？或者他患上了失忆症？

为什么？一个在中国黄泛区乡间辛勤工作了十几年的外科医生，早已见识过人间悲苦，岂会因为在五台山八路军中短短三个月的经历，就精神失常？难道说，他也像多年后的张纯如一样，写完了《南京大屠杀》，便被不得不面对的一幕幕人间惨剧所彻底击溃了？过于单纯善良的心灵，承受不了人性中的黑暗，便只能被摧毁。

布朗的生活中，究竟发生过什么？

22

提到布朗,虽然他在中国民众间近乎默默无闻,但不少加拿大历史学者却把他誉为"被埋没的英雄"。

布朗比白求恩年轻八岁。但他在中国服务的时间却长达十几年。一九二八年,布朗从多伦多大学医学院毕业后就来到了中国,在豫东贫瘠的乡村担任外科医生。

十年之后,他与白求恩、珍妮二人在汉口相遇,深受这两位同胞正义热情的感染,于是慨然允诺,将加入他们的医疗队,前往陕北,帮助八路军。

在写给教会领导的请愿信中,布朗说:

"北方面临着巨大的需求。我希望能以身作则,给其他传教士医生们带个头。可怜的中国被战火摧毁了!如果她需要朋友的话,那就是在此刻!我的决定并非心血来潮。我感到了在内心翻腾的强烈召唤。"

那个春夏，从四月到七月，布朗利用他仅有的三个月宝贵假期，马不停蹄地陪同着白求恩，在晋察冀边区视察了八路军所有的野战医院。

六月六号那天，布朗在写给史沫特莱的信中，描述了他的震惊。

我们从早到晚手脚不停地做手术，在每一个地方仅能停留几天。所见到的一切，只能用悲惨二字来形容。

许多伤兵根本得不到任何治疗，长达数月躺在肮脏不堪的土炕上。有些伤兵赤身露体，伤口上生满蛆虫，逐渐死于败血症。

有一个可怜的士兵，半边脸，还有大半个舌头都被炸没了。他无法吞咽食物，正在慢慢地饿死。悲惨至极！

每天早上睁开眼，天还未亮，我们的门口已经排好了等待手术的队伍。

我需要带领一百个医生奋斗上整整一年，才能够帮助这里的人民。而这将需要大量的经费，才能完成。

明天一大早,我们将动身,前往此行的最后一站:五台山。如果可能的话,我计划返回汉口,甚至到上海、香港去呼吁援助。

珍妮踪影全无。好在还有布朗,相伴白求恩左右。不但有人为白求恩担任翻译,而且这两个男人年龄接近,思想融洽。

六月中旬,白求恩和布朗抵达了五台山的松岩口,在那里又做了一百一十个手术。

对这个多才多艺的男人,布朗由衷地佩服。白求恩不仅医术高超,还是个能工巧匠。他不但手把手教会了当地老乡制作医院里需要的各种用品,也从山区百姓架在骡背上用于运输的驮子上,获得了灵感。

几天之后,白求恩就发明出来了一套方便实用的器具。架到骡马背上,就能携带上所有必备的战地医疗物品,做到雷厉风行,说走就走。卸下来打开,三折两叠,就变成了在任何艰苦环境下都能操作的简易手术台。

在太行山的夏夜里，溶溶月色、树影婆娑下，两个劳累了一天的男人，都谈过些什么呢？

也许，他们曾满怀眷恋，谈起留在远方的妻儿，忏悔未能尽到一个男人的责任。

也许，他们曾唇枪舌剑，就有神论与无神论进行过激烈冗长的争辩。

也许，他们曾肝胆相照，剖白袒露各自追随信仰的心路历程。

白求恩能够对共产主义深信不疑且为之献身，丝毫不奇怪。因为其中的很多价值观，都与他牙牙学语时父母的耳提面命不谋而合。难道不是吗？大家一样，都致力于铲除社会罪恶和特权阶层，消灭贫穷，提倡平等。

从白求恩所接触到的加拿大共产党员身上，如身陷牢狱的蒂姆·贝克和汤姆·麦可尤恩，他目睹了何谓大义凛然、无私奉献。在八路军的战友们身上，他体验了何谓官兵一致、同甘共苦。这一切，都与他从小看到的为了信仰甘于清贫、不肯为五斗米折腰的父母，如出一辙。

布朗呢？这个虔诚的基督徒在八路军中所体验到的

一切，岂非同样令他动容、陷入思考？

七月中旬，布朗的假期刚一结束，就收到了教会的来信，严令他立即返回。他虽然依依难舍，却不得不离开了五台山。

临别之际，他告诉白求恩，回到河南后，他将继续努力，争取说服教会领导，允许他重返前线。

然而，自从布朗离开后，白求恩就没能等到他回来的那一天。两个信仰各异却情投意合的男子汉，从此无缘再见。

沿着太行，一路南下，行至晋东南的辽州（今左权县）时，布朗见到了朱德和彭德怀。朱德告诉他，从四月份以来，八路军仅在此地就遭受了一万八千名官兵的伤亡。此外，日本人放火烧毁了周围许多城镇和村庄，导致成千上万的人民无家可归、四处逃亡。

于是，布朗接连不断地投书红十字会，请求援助，在辽州建立一所国际和平医院。这个构想共需十万元的经费投入。他希望红十字会能够提供其中的五万元，而由他自己设法，去社会上募集另外一半。

八月底，当布朗终于回到河南开封时，他发现，加拿大教会驻地已人去楼空，人们都躲到豫南的鸡公山避暑去了。更糟糕的是，他受到了教会同事们的指责，被贴上了共产党的标签，遭到排斥和打击。

其实，那些人原本就对布朗医生心怀不满，因为他曾毫不留情地批评过某些教会领导人的贪腐行径。布朗觉得，某些人到中国来后，一味追求个人名利，却丝毫不关心如何改善当地百姓的生活。

看到此，我脑中一闪，突然联想起二十多年前的一桩小事，此时豁然明白了，布朗医生所深恶痛绝的这位"腐败领导人"，大概姓甚名谁了。但恐偏离主题，此文跳过不表。

布朗无疑是品行端方的正人君子。然而，如今他竟然和白求恩这个人所共知的共产党搅在一处，携手并肩，跑到八路军那里为他们服务，这就给那些心底阴暗的狭隘小人提供了冠冕堂皇的口实，得以假公济私，对他进行公开的报复打击了。

了解到这些历史资料后，我恍然大悟，罗光普所听到的传言，说布朗医生精神错乱，大概与他当时所遭受到的巨大压力，被周围的同事们误解、孤立，息息相关吧!

布朗显然属于外柔内刚的男子汉。面对敌意,他丝毫没有屈服。得知红十字会批准了他的经费请求后,布朗立刻动身,离开河南,前往上海和香港,在那里盘桓了两个月之久,为建立他的"国际和平医院"四处募捐。不少志同道合者向他伸出了援手,其中包括香港那位著名的"粉红色主教"。

一九三八年初冬,布朗正押送着他所筹集来的大批医疗物资,从南方动身,前往辽州,筹建医院时,却收到了来自多伦多的教会总部通知,严厉警告他,不许他与八路军发生任何关联。

也难怪,何止是教会系统害怕惹怒日本人呢,整个大英帝国不也一直秉承着绥靖政策,生怕卷入纠纷,伤害到自身利益吗?

个人良知与组织之间的冲突,已不可调和。何去何从?

十一月二十四日,辗转数千里,已经离开西安、准备东渡黄河的布朗医生,向教会递交了辞呈。

"经反复思考，我已决定，把自己整个身心都投入到中国弟兄姐妹们的战斗行列里。今天我将动身前往山西，运送一批救援物资。

那里的工作充满了艰辛。我将作为当地唯一的外国人，与中国人民同甘共苦。我之所以到那里去，并非因为我是共产党，而仅仅因为我是一个信奉基督教理念的医生。"

布朗医生的辞呈，颇有点"风萧萧兮易水寒，壮士一去不复还"的悲壮。

他坚定不移的信念，仅仅由于他是基督徒吗？还是他在八路军中的三个月，特别是与白求恩朝夕相伴、潜移默化的熏染？还有，他崇高的理想，最终实现了吗？

布朗医生在严酷的环境中奋战了整整一个冬天。"晋东南国际和平医院"初具规模，在废弃的天主教堂院子里，建起了第一座楼房。红十字会捐赠的医疗设备，已全部安装上了，伤兵们也陆续入住了病房。

不幸的是，仅仅在十九天之后，日军就占领了辽州，烧毁了县城，也摧毁了这家刚刚诞生的医院。布朗医生大半年来的心血，付诸东流。

满腔热忱遭此沉重打击，布朗黯然神伤，心灰意冷。

难道说，这个骨子里虔诚至极的基督徒，把所有的失败都解读为上帝的旨意了吗？或者说，他对他所深深信奉的神祇，从此产生了失望、怀疑？

一九三九年早春，如天际缥缈的孤鸿，布朗独自一人离开了太行山，也彻底脱离了派遣他来华的教会系统，从此淡出了中国人的视野。

23

珍妮在轮船上所看到的布朗医生，应当是他在彷徨中，重新摸索人生道路的痛苦时刻。

布朗为何会不认识珍妮呢？他是真的认不出她来了，还是故作不知？难道他忘记了，他们曾在汉口、延安、西安三度相遇、亲切交谈？难道他仍然对珍妮耿耿于怀，不满她当初在延安莫名其妙地失踪？

目睹了日军暴行的布朗，为什么会在神户受到日本人大张旗鼓地热烈欢迎？难道说，得知他英雄末路、知难而退后，日本人在故意造势宣传、借机扩大影响？

如果布朗能够预见到，仅仅几个月之后，世界大战就会全面爆发，而且因为他担任了英国驻缅部队的军医，他的妻子和三个孩子就将被日本人关入集中营长达数年之久，他还会在那个夏天乘船去神户、平静地接受日本人虚张声势的欢迎吗？

此外，罗光普当初明明是与布朗同乘一辆卡车抵达延安，并受到毛泽东等领导人热情接见的，为什么在白求恩和珍妮的文字中，竟丝毫都找不到罗光普的痕迹呢？他们俩为什么会对自己这位同胞讳莫如深、不屑一提？

白求恩、罗光普、布朗三人，不仅都是加拿大外科医生，且都是毕业于多伦多大学的校友，也同样无怨无悔地为中国人民呕心沥血地战斗。

但是，他们又有所不同。

当白求恩与珍妮义无反顾地奔赴黄土高原的穷乡僻壤，在弹尽粮绝的困境中奋斗牺牲时，罗光普自始至终都是蒋夫人宋美龄眼中的红人、国民政府达官贵人的座上宾。他手中掌握了来自世界各地的捐赠资源，奔波于大江南北，以轰轰烈烈、大刀阔斧的方式，为中国人民的抗战竭诚奉献。

难道仅仅因为信仰上的冲突，就造成了他们之间的隔阂，以至于水火不容？

追随正统，名正言顺，永远是大多数人的选择。罗光普并没错。

然而，选择了与无权无势的黎民百姓站在一起承受灾难的白求恩与珍妮，在我的眼中，属于真正的高贵者。

而布朗和凯瑟琳这两位虔诚的基督徒，能够听从良心的召唤，挣脱教会的绳索，更加令人敬仰。

即便是选择了与正统为伍的罗光普医生，也曾真诚地期望，人们能够抛弃偏见。

在罗光普步入暮年，回首往事时，他曾不无遗憾地提到，当年他离开延安后，的确做出过安排，让国际红十字会给共产党游击区运送医疗物资。然而双方信息一直不通，八路军似乎始终未能与他取得联络。直到一年多之后,他才意识到,国民党方面的确阻挠了红十字会给共产党运输物资。

他十分懊悔,沮丧地承认,自己当时对国共两党分歧之深,实在是缺乏足够的认识。他与红十字会的成员们都以为,大敌当前,人们定会摒弃偏见,为了中国的前途而精诚合作呢。

主义,信仰,虽非完美无缺,却都蕴含了人类美好的理念。错的,是人,是那些扭曲和背离了信仰精髓的人们。

24

在白求恩赴华将近两年的岁月里,围绕着他的人与事,留下了太多的未解之谜。

不少中国学者都知晓白求恩遗嘱中那句话,"那面日军大旗留给莉莲"。但在加拿大人中,竟无人知晓,甚至包括莉莲的儿子比尔·史密斯。

加拿大首屈一指的白求恩研究专家拉瑞·汉纳特教

授在他的获奖著作《激情政治：白求恩的创作与艺术》中就谈到了他的怀疑：白求恩并未留下遗嘱，因为迄今为止，没有人见到过任何英文原件，仅有中国人所提供的那份无法核实真伪的遗嘱。

几十年来，加拿大人所读到的那份不完整的英文版"遗嘱"，来源于一九五二年在加拿大出版的《手术刀就是利剑》一书。而该书作者泰德·艾伦，是通过中国作家周而复在一九四四年创作的中文作品《诺尔曼·白求恩片断》，才得知这份"遗嘱"的存在并引用到他所撰写的英文书中的。

不过，除了《手术刀就是利剑》一书中引用了这份"遗嘱"的内容之外，在其后加拿大所出版的几部重量级白求恩英文传记中，甚至都未提及，或者直截了当地否认有这份"遗嘱"的存在。

这种对"遗嘱"的怀疑和否认，也反映了一个事实：西方人恐怕根本没有意识到，白求恩的这份遗嘱，对中国人的心灵世界所产生的冲击有多么的巨大。

中国人本来就不习惯、甚至忌讳撰写"遗嘱"。而能够跳出"小我"视野的遗嘱，在国人中更为罕见。因此，才有了千古传颂的诗篇。

> 死去原知万事空，
> 但悲不见九州同。
> 王师北定中原日，
> 家祭毋忘告乃翁。

也因此，才会有无数的中国人，包括毛泽东，在读到白求恩的遗嘱后，会感动备至，潸然泪下，从此成就了一种不朽的升华。

我与拉瑞·汉纳特展开了争辩。"当然有遗嘱了！中国人根本不知道谁叫莉莲，因此也编造不出把日军大旗留给莉莲那句话。"

他认为，我的理由堪称"机智"，因此乐意与我继续探讨，核实"遗嘱"的真伪问题。

他坦承，直到不久前读了我的英语文章《留给莉莲的东西》之后，他才惊讶地获知，白求恩遗嘱中，竟然还有这样一个细节。

我告诉他："遗嘱中不但有莉莲，还提到了其他好几位北美人士呢。加拿大的白求恩研究专家们，包括你，恐怕对这些都不甚清楚吧！"

"是吗？"他好奇地追问，"还提到了哪些人？都有谁？"

于是，我把下面的内容翻译成英文，传给了他。

"把我的皮大衣给蒂姆·贝克。一个皮里的日本毯子给约翰·艾迪姆斯。那套飞行衣寄给伊尼克·亚当斯吧！另一条日本毯子给帕拉西斯特拉。

在一个小匣子里有个大的银戒指（是布朗大夫给我的），要寄给加拿大的玛格丽特，蒂姆·贝克知道她的地址。

我还没有穿过的两双新草鞋，送给菲利普·克拉克。

那面大的日本旗送给莉莲。"

拉瑞·汉纳特立即回复了我的邮件，"啊，看到这些名字，的确证明了，那份遗嘱是真实可信的。"

他进一步解释到，"帕拉西斯特拉，肯定是帕拉丝科娃·克拉克,她是三十年代加拿大的左翼艺术家,白求恩与他们夫妇是亲密的朋友。还有,玛格丽特在那段时间与白求恩的交往,也是尽人皆知的。"

此外,他还饶有兴致地追问,白求恩提到了"大的银戒指"和"大的日本旗",那是否意味着,还有"小的银戒指"和"小的日本旗"呢?白求恩在遗嘱中提到过吗?

我告诉他,没有看到。

"随着这些最新资料的发现,看来,我们对白求恩的研究,还远远没有结束,而是有必要继续探索下去。"拉瑞·汉纳特表示。

好吧,既然确认了"遗嘱"并非子虚乌有、由中国人杜撰出来的,那么,此前在加拿大发表过的一系列否认"遗嘱"存在的专著,就该做出更正了吧?

"且慢。"拉瑞·汉纳特坚持严谨的治学态度,依旧不肯松口。他说,"在没有见到英文的遗嘱原件之前,仍然不能随便做什么更正。"

于是,我等到国内天亮之后,迫不及待地拨响了国际长途,找到远在北京的栗政委,向他求教。

栗政委说，白求恩临终前，从昏迷中清醒过来，在回光返照时，口述了遗嘱。当时守候在旁的，有八路军的翻译等人。翻译执笔，匆匆记录了白求恩的话，但因为有些字眼听不清楚，也无法确保完整无误。白求恩逝世后，几个在场者一同回忆，整理出来了大概的"遗嘱"，并翻译成中文，汇报给八路军总部和延安的党中央了。

那么，当初草草记录下来的英文原文何在？

战火纷飞的岁月里，几里地之外，仍是枪林弹雨，紧接着，部队又接连转移阵地，不知何时，早已遗失了。

那么，中国人最早见到的翻译成中文的遗嘱，又是在何时何地首次露面的呢？

在栗政委和战友们的真诚帮助下，我日夜盼望着，最终收到了一幅极为珍贵的图片。那是发表在一九四零年一月四日《抗敌三日刊》上的白求恩遗嘱。看到这份似乎是在钢板蜡纸上手刻油印的刊物，我的心猛跳了几下。

在标题为"给聂司令员的信——一九三九年十一月

十一日下午四点二十分"这篇文章中,几乎所有的英文人名和机构名称,竟然都是用笨拙的笔法,将英文字母一一刻写在蜡纸上,夹杂在汉字之间印刷出来的,其中包括蒂姆·贝克、弗兰西丝,还有莉莲。

很简单,在那个茫然无措的时刻,白求恩的中国战友们还来不及搞清楚,如何翻译这些陌生的名字呢。

还用得着再怀疑"遗嘱"的真伪吗?

白云苍狗,岁月悠悠。英雄离开我们,已近八十载春秋。谁能想到,在他的长眠之地和他的祖国之间,竟然一直存在着如此大的分歧?这是如何造成的呢?难道仅仅是由于语言不通而形成的隔膜吗?

我十分幸运。在我们学校的《中国研究中心》里,保存了一九四九年以来在中国出版的全部白求恩相关读物,多达五十种版本。最早的那本,由新华书店出版发行,刊载了周而复于一九四四年为纪念白求恩逝世五周年所创作的故事,《诺尔曼·白求恩片断》。

小心翼翼捧在手中,通读完这本几近破碎的薄薄的小书,我大概悟出了其中缘由。

在周而复采访过白求恩身旁战友后所撰写的故事

中，他所引用的白求恩临终"遗嘱"，基本上仅仅选择了那些留给八路军指战员们的叮咛，而那些留给不知是何方神圣的英文姓名的内容，几乎均未出现在他的笔下。

可想而知，这种对白求恩遗嘱有意识的删减与筛选，反映了作者周而复一九四四年在延安时的创作理念与心态。而他的这种主观筛选，却在不经意间挖掘了一道鸿沟，为英雄家乡的同胞们留下了长达数十年之久、莫衷一是的悬念。

25

谈到悬念，有关白求恩弥留之际的细节，我也风闻过一些不同的民间传说。当然，按照史学的严谨，不足为信。

可是，刚刚过去的这个冬天，在中国偶然相遇的一个姓田的女孩子，却再度勾起了我心中挥之不去的惆怅。

在田小姐那里，我看到了几幅照片。其中一幅，摄于一九三九年十月二十四日。在太行山麓孙家庄的小庙里，白求恩正与三位八路军医生在临时搭建的手术台前抢救伤员。中间的那位，弯下腰背，面朝镜头的，便是田小姐的外祖父、白求恩最喜欢的年轻医生王道建。

从周而复的作品里，我已读到过对这个人物的描述。白求恩曾向聂荣臻司令员建议，嘉奖八路军医生王道建在抢救伤员时的杰出表现。

白求恩所发明的战地输血技术，不仅在山村百姓眼里是令人惊恐、匪夷所思的举措，就连身旁的八路军战士，也心怀忐忑，不敢尝试。为了打消人们的顾虑，白求恩率先躺下，让战友从自己身上采集了几百毫升鲜血。看着汩汩鲜血从他白皙的手腕中流出，在旁观看的王道建医生毅然站出来，成为第一个献血的八路军医生。

田小姐说，外祖父在世时，常常满怀深情地对儿孙们回忆起他跟随在白求恩身旁工作的日日夜夜。但他久久不能释怀的，却是白求恩牺牲前的最后那几个日夜。

在小庙里留下了那几张照片之后，白求恩便与王道建医生分开，各自奔赴不同的阵地了。紧接着，在白求恩的病情日益严重的那几天里，他曾数次向身边的战友们打探，王道建医生在哪里？似乎急于想要找到他。

摩天岭战役仍在残酷的进行之中，敌我双方均付出了惨重伤亡。王道建医生带领的手术队辗转于不同的前线阵地，抢救伤员，人们无法找到他，让他及时赶到白求恩的身旁。

在白求恩生命的最后一天，他曾挣扎着坐起身，倚在床头，写下了此生最后一封信。这封写给八路军翻译朗林的信里面，也两次提到了王道建。

"……

昨天我从前方回来了，因为在那里我是没有什么用处的。已经三天不能起床了，更别说给伤员们动手术了。

……

当时四周在战斗，清楚地听到了机关枪和手榴弹爆炸的声音。天色很晚了我们才赶到大坪地，得知有四百余日本兵被我们消灭了，但另有约一千名正在包围增援。

因为不知道王医生的前线手术队的所在地点，故8号那天我们又返回来朝西走。

……

在这里，我的身体整天发冷发热，已到了无法支持的程度，高烧到39.6度。因此我只好通知大家，如有腹部伤、股骨骨折、或头部负伤的伤员送来时，马上要通知我，即便睡着了也要叫起来。

……

9号呕吐了一整天。吐黄水。前日已不能进食。

10号团长要我返回后方。此时我已做不成任何工作了。躺在担架上呕吐，体温增高至40度。我断定我的病若非坏疽性感染，就是斑疹伤寒了。

我无法入睡，但神志清醒。

我现在要你做件事，将我这封信的内容告诉卫生部长叶青山。下面是我的意见：

林大夫应该率领一个手术队，即刻出发北上，做初步疗伤的工作。

他需要带上：

助手一名，麻醉员一名，护士长和看护三名组成的手术队。棉花垫和纱布块。

……

我万分忧虑的，就是前方流血的伤员，假如我还有一点支撑的力量，我一定留在前方。但是我的脚已经站不起来了。

林大夫可以用我的这些器械。我都将留给他。他前方的工作完毕后，可去帮助王大夫两个星期。

今天感觉稍微好些。心脏疼痛。喝了点水。

盼望明天能见到你。

诺尔曼·白求恩

1939年11月11日于唐县黄石口村

此后的岁月里，在他的有生之年，王道建医生一直在苦苦思索，摆脱不掉萦绕在脑际的久久的悬念：

白大夫，你当时急于想要找到我，究竟有什么事情要交代呢？难道说，你是希望我能够为你输血，与死神做最后的一搏？

"为什么单单要找你外祖父输血呢？"我不解。

田小姐说，当时的八路军医疗队战友中，只有外祖父与白求恩两人是 O 型血。外祖父在白求恩的鼓励下，曾多次为伤员输血。他的血液中含有抗体。也许，在无药可救的情形下，输血，就成了唯一可以尝试的举措了吧。

这一切，毕竟只是永远无法证实的猜测了。

一九七二年初，一个春寒料峭的日子里，年近花甲的解放军首长王道建在战友们陪同下，重返故地，再次来到了摩天岭下的孙家庄。

三十三年过去了，弹指一挥间。山道弯弯，衰草枯杨。小庙依旧在，断壁残垣，孤零零立于山坡上。

当年那个英气勃勃的小伙子，如今已鬓染繁霜。在他身旁挥动手术刀的那位瘦削的白发老者，却早已长眠于群山间。

视线模糊了。热泪如泉。恍惚中，他仿佛又看到了当年摆满坡上坡下的，那一排又一排等待手术的担架。

山谷里吹来一阵寒风，呜呜咽咽，夹杂着远方不甚清晰的呼唤。

哦，白大夫，当初，您究竟想要告诉我什么呢？

26

生活留下了许多永远无法破解的谜团，尤其是在战争年代，刀光剑影、血肉横飞，瞬间便是灰飞烟灭，无迹可寻的状态下，人们来不及思索，来不及选择。

关于爱德华旅长在西班牙战场上的"逃兵"记录，是在九十年代披露出来的。那时，爱德华与莉莲都早已离开人世多年，无法为自己申辩。

但是，时隔八十年之后，有人却站出来了，要为他洗清这不白之冤。

据加拿大军队里的一位青年律师泰勒·温特泽尔所言，"逃兵"乃不实之词。

据他解读，在西班牙战场上某次激烈的战斗中，双方伤亡巨大。此时，爱德华因随身携带的手枪走火，误伤了自己的腿，被匆匆抬下了火线。可是，担任志愿军大队政委的那位美国共产党员却怀疑，爱德华是故意自残。因此，他向上级打了小报告。

泰勒·温特泽尔在电话中与我交谈时，口气十分坚定，"当然了，这肯定是那个美国政委对爱德华的诬蔑。"

当时，赴西班牙参战的加拿大志愿军旅，仿效俄国红军的做法，也配备了政委一职。可是，那个年轻气盛的美国犹太裔共产党员与爱德华旅长一贯不合，两人之间常为芝麻小事争吵不休，谁也不服谁的指挥。栽赃陷害，就不奇怪了。

西班牙战场上的浓浓硝烟，早已幻化为青山绿水下富庶的田园。有谁还记得当年那些浴血奋战的青年？有谁还在意他们为之捐躯的理念？孰是孰非，似乎已无意义。

令我心悸的，却是另一桩历史疑点。

阅读新西兰作家撰写的凯瑟琳传记时，我注意到，她在解放后曾两次赴华。然而，在她第二次从中国返回新西兰之后，她就遇到了一场车祸，伤势严重，不久后便离开了人世。

车祸？我一阵心悸，不由得联想起了另一起车祸。

五十年代中期，香港那位"粉红色主教"何明华的长子，一个风华正茂的小伙子，在他伦敦乡下的家园附近遭遇车祸死亡。

罗光普在回忆中述及凯瑟琳时，曾提到她当时下决心脱离开英国教会的控制，义无反顾地投入帮助共产党八路军的工作，乃受到了"香港左翼人士"的支持。

不难想象，这位左翼人士，正是与凯瑟琳隶属于同一教会系统并屡屡向她伸出援手的那位"粉红色主教"。他不仅帮助凯瑟琳在香港为八路军购买医药，也曾倾其全力，帮助过布朗医生，为"晋东南国际和平医院"筹款募捐。

得知儿子的死讯后，"粉红色主教"在瞬间便衰老了。

他像蒙泰尼里大主教一样，强忍着满腹悲痛，在教堂里高声祈祷。

在那些日子里，他可曾怀疑过什么吗？他可曾懊悔过什么吗？他从此被吓到了吗？

我真心地希望，凯瑟琳的车祸，只是又一场不幸的巧合。

27

代表团告别了军城山脚下郁郁葱葱的烈士陵园,继续往大山深处行驶。日落时分,大巴停靠在了葛公村的路旁。

在村民们好奇的目光注视下,这支队伍一路张望,踏着村中高低不平的小巷,穿越风格各异、新旧对比强烈的一家家农户大门,最后来到了一座古朴的砖石小院前。

门楣上方的几个大字:"白求恩医院",立刻吸引住了人们的视线。大家屏住呼吸,怀着朝圣般的庄严心情,小心翼翼迈上年久失修的台阶,跨入白求恩身后留下的这座小院。

院子不大,仅有半个篮球场的规模。三面各有一座低矮的平房。勃兰特好奇地打探,白求恩曾住在哪个房间?他推开吱呀作响的木板门,低了头,才得进去。

落日余晖从一尺见方的小窗户里透入,洒在靠墙的土炕和小方桌上。身高六英尺的勃兰特发现，他在这狭小的屋子里，几乎没有转身的余地。凝视着室中简陋的陈设，他轻叹一声，举起了相机。

摩尔和鲍克两人关心地打探，白求恩当年是如何解决浴厕问题的呢？

当栗政委把他们带到院子一角，指指那座蒙着岁月尘埃的厕所时，两个人不禁惊呆了，站在那个简陋得不可思议的建筑前，陷入了久久的沉默。

女作家玛格丽特·雷默感慨万千，一边点头，一边喃喃地对我说："这是需要一种精神的。如果没有坚定的信念，一个加拿大人，很难忍受这种生活。"

暮色苍茫中，众人怀着复杂的心情，依依不舍地离开了小院。

站在村巷里，栗政委指着斜对面一座农家院落，透过开启的大门，让我观看里面一座低矮破旧的茅棚。他说，那里曾是柯棣华医生和郭庆兰女士结婚后的新房。

我们的队伍里，有三位来自印度的友人。其中一位就是柯棣华医生的侄女：一位身材高大、面貌酷似柯棣华的中年女性。刚才在烈士陵园里，大家一同在柯棣华医生的陵墓前致敬献花。听说他的故居就在眼前,众人顿时都兴奋起来,紧随在我身后,迈入院门,靠近了低矮的茅棚。

破旧的门板上,挂着一把生锈的铜锁。新婚的洞房,怎可如此寒酸?我有些失望,把脸贴紧了门缝,试图看清里面的陈设。黑暗中,脑中闪过了一张张历史画面。

身穿八路军军装、英俊潇洒的柯棣华大夫,笑眯眯地注视着前方。

怀抱婴儿,泪流满面,跪在丈夫遗体前的八路军护士长郭庆兰。

媒体报道,柯棣华大夫的独子,文革中由于医疗事故,不幸身亡。

……

正在遐思,就听见吱呀一声响。抬起头来看,旁边那座高大整齐的正房门被人推开了。一位妇女背着灯影走下台阶,朗声笑着朝我说道,"这是俺家宅院,你们不能随便就进来看啊。"

心怀不甘地退出小院,回到街巷后,我问栗政委,政府为什么不把烈士故居购买下来,供游客参观呢?

栗政委摇摇头,苦笑道:"暂时还买不起啊!"

"需要多少钱?"我追问,一面在心里盘算。"不能发动群众集资吗?"

看着大家关切的目光,栗政委连忙安慰说:"这一带山区,白求恩工作、生活过的村庄很多,少说也有十几处。政府打算把它们逐步整理出来,建立起红色旅游的系列景点。你们放心吧!"

大巴启动了。不知何时,路旁聚集了十几个儿童,在车灯照耀下,仰着可爱的小脸,向我们挥手道别。

勃兰特从背包里拿出一捧印有红色枫叶的小徽章,我们大家一起动手,一一为孩子们别在了衣襟上。

旷野空空,繁星点点。漫长的回程中,只听见发动机嗡嗡的低鸣声。众人都陷入了沉思,回味着白天一幕幕情景。

车过莲花峰时,夜色已浓。月亮爬上了山峦,为岩壁罩上一层朦胧的金色薄纱。我趴在车窗上,睁大双眼,在高高低低、忽明忽暗的山道间仔细地寻觅。

恍惚中,山道上掠过了一团柔和的光影,宛如凯瑟琳飘扬的裙裾，伴随着她心爱的大黄狗，如飞鸟般远去。

28

回到北京后，大姐安排我们住进了王府井旁的翠明庄酒店。活动圆满结束了。第二天，大家将启程离华。

这家琉璃瓦、大屋顶的二层酒店古色古香，颇有年头。走廊的壁上悬挂着多幅发黄的黑白照片，与窗外的灯红酒绿交相辉映。

夜幕降临时，朋友叩门来访。她带来了一位陌生人，据说是京城某协会的资深会员。看了我手里的影印件后，他连呼可惜，"唉，那点钱，算什么？我自己都拿得出！"

送走了访客不久，又接到了几个朋友的电话，都是围绕着那张照片，提出的各种建议和请求。其中最令我心动的，来自一位我终生敬重的著名作家。

"你为什么不找我呢？中国历史博物馆肯定毫不犹

豫地收藏它！"他说。

当然，一切都已为时过晚。

中国人民给予比尔的回报，并不仅仅是那笔"感谢费"。

回到北京的当天中午，熊蕾女士就来到了酒店。她是我多年前在国内的师姐，一个名副其实的红二代。

她操着一口流利的英语，说笑着，接走了颇有点受宠若惊的比尔，去郊区某个山庄，与一批和她同时代的人们共进晚餐。

我估计，比尔会深深地沉醉在那晚的歌声中，流连忘返。

回到加拿大后不久，比尔就住进了医院，腿部、腹部轮流开刀。从中国带来的这笔赠款，很快就用光了。

二〇一六年一月，邮箱中忽然蹦出小说家丹尼斯·鲍克的来函。他转给我一条消息，刊登在当天的英国《泰晤士报》上。

英国工党前领袖的女儿拍卖了一封信，是二十世纪四十年代末毛泽东寄给她父亲的。信，是用打字机敲出来的，那张纸的末尾，有毛泽东的亲笔签名，祝贺其当选为英国首相。这封信,以近百万英镑成交。

我无暇关注这则消息又将引发什么新的风波。勃兰特教授正在与我合作,着手编辑一部英文版新书:《重读白求恩》。

冥冥中,似有神助。不久前,勃兰特到一个邻居家做客,偶然翻阅到书架上一本回忆白求恩的文集,作者丽碧·帕克,竟然是这位朋友已经过世多年的姨母。

丽碧?不知读者们是否还记得,她就是当年蒙特利尔大医院里的那位年轻女护士。丽碧曾一口拒绝了参加白求恩的医疗队,伴随他前往中国。

然而,在白求恩逝世后,她却撰写了多篇文章,深切缅怀他们当年在一起,为追求人类社会平等而做出的努力。也许,她是以这种迟来的忏悔,哀悼她亲密的战友吧。

匆匆浏览了丽碧的文章后,我猛然想起了十几年前朱蒂丝·米勒教授对我提及的那段趣事。我曾在《尺素天涯》里记录了那段逸闻。此时恍然所悟:难道说,那个从医院里失踪了数天、被护士长揶揄的年轻女护士,就是丽碧?

假如是她,那就又澄清了一段世人、或者说俗人,以己之心度人,对白求恩的误判。

尾 声

走笔至此,远处隐隐传来几声爆竹的呼啸声。极目窗外,湖面上覆盖着厚厚的冰雪,夜幕中弥漫着银白色的天光。

这个圣诞节,加拿大东部经历了百年未遇的酷寒。在零下二十六度的黑暗里,人们悄悄地迎来了二〇一八年的元旦。

八十年前的这个夜晚,白求恩在做什么呢?

也许,他正在蒙特利尔繁华的街头酒吧里与朋友们觥筹交错,依依不舍地告别吧。座席中,他可曾注意到垂头沉思的弗兰西丝复杂纠结的目光?人群中,他可曾调皮地眨着眼、朝远道赶来送他出征的莉莲投去热情的呼唤?

不不,他也许早已背着行囊,坐上了西行的列车,奔驰在白雪皑皑的原野上，盼望着与珍妮在温哥华港汇合，登上"亚洲女皇号"，于元月八日那天准时启航，驶往神秘的东方。

八十年过去了。与白求恩医疗队相关的每一个人物，都早已幻化为夜幕中或近或远、或明或暗的星辰，默默地注视着他们曾奉献了青春和热血的这片土地。

新的学期马上又要开始了。假如我的学生们再次好奇地追问，白求恩究竟爱哪个女人时，我想，我终于可以清晰地回答他们了。

白求恩不属于任何一个女性。事业与理想，才是维系他与她们之间的那根红丝带。

白求恩毕生的追求，在与中国人民同生共死的战斗中，在燃烧的太行烽烟中得以升华，彻底告别了他留有缺憾的往昔。

白求恩没有离我们而去。他已化作巍峨的青山，与战友们永久相伴，长眠于华夏大地。

（本文曾刊二〇一八年《人民文学》第三期，

二〇一八年六月二十日修改）

参考资料：

1. Larry Hannant, The Politics of Passion, Norman Bethune's Writing and Art, University of Toronto Press, 1998（拉瑞·汉纳特,《激情政治：白求恩的写作与艺术》, 多伦多大学出版社, 1998 年）

2. Tom Newnham, The Life of Kathleen Hall, New World Press, 1992（汤姆·纽恩汉,《凯瑟琳·霍尔的一生》, 新世界出版社, 1992 年）

3. Ted Allen & Sydney Gordon, The Scalpel, The Sword, The Story of Doctor Norman Bethune, Revised Edition, McClellan and Stewart, 1971（泰德·艾伦及悉德尼·戈顿,《手术刀就是武器：白求恩医生的故事》修订版, 麦克莱·斯图尔特出版社, 1971 年）

4. Jean Ewen, China Nurse 1932—1939, McClellan and Stewart, 1981（简·尤恩,《赴华护士：1932—1939》, 麦克莱伦·斯图尔特出版社, 1981 年）

5. Munroe Scott, McClure, The China Years, A Biography, Canec Publishing and Supply House, 1977（门

罗·斯科特,《麦克卢尔传记: 在华岁月》, 卡耐克出版社, 1977 年)

6. Roderick Stewart and Sharon Stewart, Phoenix: The Life of Norman Bethune, McGill—Queen's University Press, 2011(罗德里克·斯图尔特及莎伦·斯图尔特,《白求恩的一生》, 麦吉尔-女王大学出版社, 2011 年)

7. Sonya J. Grypma, China Nurse Jean Ewen: Embracing and Abandoning Communist Revolutionaries, Journal of Historical Biography, Spring 2011 (索尼娅·格瑞普玛,"赴华护士简·尤恩: 拥抱与背弃革命者之人",《历史传记期刊》, 2011 年春季刊)

8. Sheng-Ping Guo, Ideology, Identity, and a New Role in World War Two: A Case Study of the Canadian Missionary Dr. Richard Brown in China, 1938—1939, Historical Papers 2015: Canadian Society of Church History (郭胜平(音译), "主义、身份以及在二次大战中的新角色: 加拿大传教士理查德·布朗医生 1938—1939 在华活动个案研究", 加拿大教会历史学会, 2015 年)

9. David Lethbridge, This Will Be My Name,

Wounded in Love, Rediscovering Norman Bethune, Pandora Press, 2018（大卫·莱斯布里奇,"这将成为我的名字","在爱里受伤",《重读白求恩》,潘多拉出版社,2017年）

10. Libbie Park, The Bethune Health Group, Norman Bethune: His Times & His Legacy, The Canadian Public Health Association, 1982（丽碧·帕克,"白求恩的医疗改善组织",《白求恩的时代与遗产》,加拿大公共医疗健康学会,1982年）

11. 萧军,《延安日记》,香港,牛津大学出版社,2013年

12. 周而复,《诺尔曼·白求恩片段》,新华书店发行,1949年

图书在版编目（CIP）数据

不远万里/(加) 李彦著.-上海：上海文艺出版社.2018.10
ISBN 978-7-5321-6877-4
Ⅰ.①不… Ⅱ.①李… Ⅲ.①纪实文学－加拿大－现代
Ⅳ.①I711.55
中国版本图书馆CIP数据核字(2018)第214269号

发 行 人：陈　征
策　　划：孙　晶
责任编辑：乔　亮
封面设计：丁旭东

书　　名：不远万里
作　　者：(加) 李彦
出　　版：上海世纪出版集团　上海文艺出版社
地　　址：上海绍兴路7号　200020
发　　行：上海文艺出版社发行中心发行
　　　　　上海市绍兴路50号　200020　www.ewen.co
印　　刷：崇明裕安印刷厂
开　　本：890×1240　1/32
印　　张：7.875
插　　页：2
字　　数：115,000
印　　次：2018年10月第1版　2018年10月第1次印刷
Ｉ Ｓ Ｂ Ｎ：978-7-5321-6877-4/I · 5486
定　　价：43.00元
告 读 者：如发现本书有质量问题请与印刷厂质量科联系　T：021-59404766